出版人　王卫平

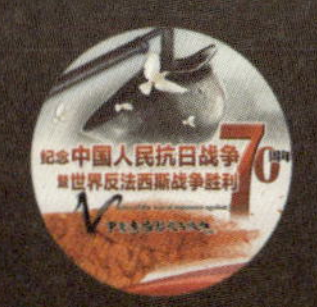

中国人民抗日战争暨世界反法西斯战争胜利70周年

开罗宣言

Cairo Declaration

刘星 著

中国广播影视出版社

图书在版编目（CIP）数据

开罗宣言／刘星著. —北京：中国广播影视出版社，2015.8

ISBN 978-7-5043-7495-0

Ⅰ.①开… Ⅱ.①刘… Ⅲ.①长篇小说—中国—当代 Ⅳ.①I247.5

中国版本图书馆 CIP 数据核字(2015)第 178528 号

开罗宣言

刘 星 著

出 版 人	王卫平
责任编辑	曾 勋
装帧设计	亚里斯
责任校对	张 哲
出版发行	中国广播影视出版社
电 话	010－86093580 010－86093583
社 址	北京市西城区真武庙二条 9 号
邮政编码	100045
网 址	www.crtp.com.cn
微 博	http://weibo.com/crtp
电子信箱	crtp8@sina.com
经 销	全国各地新华书店
印 刷	涿州市京南印刷厂
开 本	710 毫米×1000 毫米 1/16
字 数	120(千)字
印 张	15
版 次	2015 年 8 月第 1 版 2015 年 8 月第 1 次印刷
书 号	ISBN 978-7-5043-7495-0
定 价	32.00 元

目录 CONTENTS

楔子

全面抗战已经进入第四个年头，远在内陆的作为战时陪都的山城重庆，却显得是那么宁静与祥和。

当然，这一切都是暂时的，因为一个庞大的日军机群，此时正沿着峡谷向重庆飞来。尖锐的防空警报声遽然响起，撕碎山城的宁静，红色的防空气球也已经升起，寂静的山城即将迎来一个灾难的日子。

重庆，淡雾，池塘，小鸭嬉水。

夔门，雾重，山险，江水奔流。

全面抗战已经进入第四个年头，远在内陆的作为战时陪都的山城重庆，却显得是那么宁静与祥和。

当然，这一切都是暂时的，因为一个庞大的日军机群，此时正沿着峡谷向重庆飞来。尖锐的防空警报声遽然响起，撕碎山城的宁静，红色的防空气球也已经升起，寂静的山城即将迎来一个灾难的日子。

此时，位于重庆通远门的领事巷里，英国大使卡尔和武官柏敦中校，正在举行记者招待会。

一身西装的卡尔一脸凝重地大声说：“女士们，先生们，我的武官告诉我，外面红色的防空气球已经升起了，我为什么还要继续召开记者招待会？因为最近有一个传言，说英国政府将要重新封锁滇缅公路，并说英国将牺牲中国的利益，同日本在东南亚实行妥协。诸位，我现在代表英国政府向大家宣布，英国将全面保障滇缅公路畅通无阻，英国将同中国世代友好。”

卡尔的郑重承诺，引来了一片热烈的掌声。

伴随着掌声响起的还有日军飞机的引擎声，160 架日军飞机，编队整齐，从重庆上空低空飞过。

在重庆枇杷山的苏联驻华大使馆外，苏联大使潘友新抬头看了一眼在天空中肆虐的日军飞机，又镇静地看了一下自己手腕上的手表，时指：14点05分。

他的目光还没有离开手表，一连串炸弹便撕破天空，呼啸着飞向大地，爆发出震天动地的响声。刹那间，枇杷山下的中山二路、中山三路蹿起无数股黑烟，紧接着两浮支路、保安路、磁器街、中华路爆炸声连成一片。

一个美丽的俄罗斯姑娘，抱着一摞文件从苏联大使馆里跑出。就在这时，一颗炸弹在她身边炸响。瞬间，姑娘手中的文件飞向天空。姑娘倒下了，冰清玉洁的焕发着青春妙龄光泽的面庞，被一层层泥土渐渐掩住……

法国哈瓦斯社办事处，一声巨响，一面法国国旗被炸倒……

在日军的这一轮空袭中，同为轴心国的德国也没能幸免。德国海通社办事处，一幢大楼中弹起火，红色火苗像一条条巨大的火舌，它们争抢着向周围建筑物舔去，试图把周围的一切都吞噬进火海中。

一个德国工作人员，气愤地在楼顶上挥舞着德国国旗，对着日军飞机大骂道："瞎了吗？这是德国……这是德国。"

国民政府军事技术研究所位于长江南岸的南山，这里两面环江，地势起伏，层峦叠嶂，环境清幽，景色秀丽，一般不太容易引起外人的注意。

但日军显然早已知道这里的详情，他们对着这栋并不太大的建筑，果断地投下了十几颗炸弹。

顿时这里硝烟滚滚，爆炸声连连，地面上到处是残垣断壁，只有那面不屈的中华民国国旗，在硝烟中傲然挺立着。

在天空中肆无忌惮地飞行着的日军飞机中，有一架显得十分诡异，它不轰炸，不投弹，只是低空绕圈飞行。

这不寻常的一幕，被正在跑警报的石剑峰发现了，他一脸狐疑地望着天空。

发现这一特殊情况的还有石剑峰的另一个同事黄怡青，两个人不约而同地对视了一眼。

那架飞机好像感到了什么，升高，飞走。一刹那，我们看清了那架飞机驾驶员的面孔——大岛一郎，日本特高课全能特工。

就在这时，在不远处的另一个角落里，也有一个人在盯着这架飞机。他是石剑峰和黄怡青的上司，也就是国防部军事技术室副主任吴庆铭。

看着那架奇怪的日军飞机要飞走，石剑峰打算站起，突然另一架蹿了出来，向着石剑峰附近投下了一枚炸弹。

就在这危急时刻，黄怡青迅速跃起，一下扑在了石剑峰的身上。炸弹爆炸了，炸弹那巨大的威力掀起的黄土盖住了他们。

重庆沙坪区，南开小学外，一群学生正在跑警报，突然一声巨响，把一个少年的书包炸向了天空。

书包缓缓落下，一本书在火中燃烧，狂风翻开了残破的书页，六个字清晰可见："人之初，性本善……"

在抛下了无数颗炸弹、制造了数不尽的灾难之后，日军飞机得意洋洋地飞走了。

重庆的天空再一次恢复了宁静，而大地却是一片凄惨的景象：到处都是瓦砾，到处都有爆炸引起的大火在燃烧，到处都有被炸弹炸伤的人……

有的人在忙着救人，有的人在忙着救火，有的人在忙着寻找失去的亲人，还有的人则在抹着眼泪……

法国真原堂大教堂已经变成一堆瓦砾，法国主教尚维善，在工作人员和信众的帮助下，颤巍巍地把一尊炸毁的耶稣雕像扶起。

主教面向天空，无比悲恸地发出呼喊："天啊，这是什么人呀！难道连上帝也不放过吗……"

其声撕碎人心……

此时，远在一千公里外的延安，黄河水波涛滚滚。

黄河之水从天而来，怒吼之声，撼人心魄，在天水间，奔腾的黄河之上……

第一章

苏联卷入战争

在第二次世界大战这段艰苦的岁月里，罗斯福、丘吉尔这两位具有传奇经历的政治家，将和中国的蒋介石、苏联的斯大林等人一起，领导世界人民一起与法西斯势力血战到底。

一

清晨，大雾弥漫在还沉睡着的山城。

朝天门码头和沿江的吊脚楼影影绰绰，像画家滴在白纸上的几滴墨汁，沿江而上，如一幅或浓或淡的中国画。

长江北岸，储奇门的趸船上，几个人簇拥着一位先生上了小汽艇。汽艇发出“噗噗”的响声，向南岸驶去。

除了汽艇发动机的声音之外，清晨的江面异常寂静，仿佛无人愿意打破这令人陶醉的寂静，所以船已经离岸很久，却没有一个人主动说话。

“那两个客人怎么样了?”突然一个带着浓重浙江口音的声音在薄雾中响起。

“卫士在昨天的空袭中被日本飞机炸死，曾希圣还活着。”另一个声音赶紧回答。”

“延安表现不错……曾希圣是什么人?”那个有浙江口音的人继续问。

“在陈赓下边做情报的。”

那浙江口音的人点点头，再也没说话，汽艇再一次恢复了宁静。

过了一会儿，汽艇靠岸了。岸上站着几个人在等着接汽艇上的人，其中一个人对着汽艇说了句:“委座早上好。”

这时我们明白了，那有浙江口音的人就是国民政府军事委员会委员长蒋介石。

清雾渐渐散去，山城的轮廓逐渐清晰起来。

在长江南岸的一条小路上，身穿笔挺军装的石剑峰和身穿连衣裙的妻子江户英子在送孩子上学，一男一女两个孩子走在前面。

男的英气勃勃，女的仪态楚楚，孩子们干净可爱。在战时的重庆，这一家人是如此的卓尔不群，引来了很多路人的侧目。

他们来到一所大院子前，这里是石剑峰工作的地方。两个孩子回头说："爸爸再见。"

石剑峰和蔼地回答："再见。"

此时的江户英子有点走神，她用日语对丈夫说了一句："早点回家。"

尽管声音不大，但这明显不同于中文的日语，在这种场合里听起来，还是显得那么突兀。

还没等石剑峰回话，男孩子石念华回头说了一句："妈妈，不是说出了家门就不许讲日语的吗？"

是啊，在日本侵略者给中国制造了无数灾难的时刻，中国人民对日本、对和日本相关的一切都难免会怀有巨大的仇恨。他们如果听到身边有人在说日语，如果猜测出某个家庭里竟然有一个日本人，这难免会滋生出一些麻烦。

就是为了避免这些麻烦，石剑峰一家在家里达成协议：出了家门后就不再说日语。

石念华的话引来了女孩石忆樱的附和："哥哥说得对，我在学校从不讲日语。"

江户英子一脸歉然地回答："对不起，对不起！"

江户英子带着两个孩子，继续向学校走去。石剑峰则稍稍停了一下，然后向大院走去。

少顷，从大院里开出一辆吉普车。

远处的江户英子不经意间回头，看见这辆吉普车开出，看到车上的乘客，她一脸狐疑……

二

在国民政府军事技术研究所吴庆铭的办公室里，黄怡青站在他身前报告情况。

吴庆铭一脸凝重：“去请示何长官，我们要不要搬家。”

黄怡青知道，吴庆铭提到的何长官就是何应钦，现任国民政府军事委员会参谋长，负责战时军事计划与各个战役的指挥，国军的很多大事都需要他拿主意。

黄怡青疑虑地说：“这么一大摊子事，再说了，不就是一架可疑的飞机吗？”

吴庆铭果断地说：“天上的飞机，一定是地上的人在指路。搬！石剑峰呢？”

黄怡青回答：“他和延安来的曾希圣在交接……”

吴庆铭不等黄怡青说完，就打断了她的话，说：“停下来，都停下来，立即搬家，不然下一次这里肯定是日军重点轰炸的目标，叫石剑峰停下来，马上搬家……”

看到吴庆铭对搬家如此急迫，黄怡青不再说什么，她默然地走出门，向另一间房子走去。

就在这时，她看到石剑峰拿着一份文件，急匆匆地向吴庆铭的办公室走来。

凭着女性的敏感和多年职业生涯培养的敏锐观察力，黄怡青判断石剑峰一定掌握了日军的密码，并破译出了日军的重要情报。

顿时，黄怡青的心底升起了一股对自己组织、对自己信仰的强烈自豪感，因为她知道，石剑峰的这次成功是因为来自延安的帮助。

当时的背景是，全面抗战已经进入了第四个年头，但国民政府的情报工作依然相当落后，由于日军防范严密，加之这方面人才短缺，日军的密码一直没有破解。

为了抗日大局，经毛泽东批准，周恩来指示，派曾希圣把刚刚从日军那里缴获的电报密码本送到重庆。

就是这个电报密码本，对密码专家石剑峰最后攻下日军密码起到了关键的作用……

温和的阳光透过逐渐散去的薄雾，照进了吴庆铭的办公室，也照在了石剑峰那伟岸挺拔的背影上。

石剑峰怀着无比兴奋的心情，把刚刚破译的日军电报内容告诉了他的上司吴庆铭。

这是迄今为止，国民政府第一次破获日军电报，更让这个军事技术室主任意外的是这份电报的内容。

电报的内容太出乎吴庆铭的意料，所以，听了石剑峰的介绍之后，他用怀疑的目光看着石剑峰，过了好一会儿，才从石剑峰手里接过这份刚刚被破译的电报。

电报的内容很短，吴庆铭已经反反复复地看了好几遍了，但他却还是盯着电报，迟迟没有抬起头来。

“主任，怎么处理?”等了很久的石剑峰终于忍不住问道。

吴庆铭终于抬起了头，吐出四个字：“报何长官。”

三

夜幕垂垂降下，整个山城夜色朦胧。

尽管此时大半个中国正在遭遇日本侵略者的蹂躏，人们衣不蔽体，食不果腹，流离失所；尽管远在内陆的重庆不断遭遇日军的空袭，但大部分时间，尤其是当夜幕掩盖起空袭造成的创伤时，山城那星星点点的灯火，还是会让人忍不住产生幻觉：这是一个和平的时代，这是一座繁华的、并没有受到战火摧残的大都市。

尤其是在那些豪华的娱乐场所里，华灯初上之后，一些达官贵人似乎是忘记了战争的存在，他们歌照唱，马照跑，舞照跳。这与其说像是太平盛世时的庆祝，不如说是末日即将降临时的最后狂欢。

当然，并不是所有的聚会都是在灯红酒绿、醉生梦死中进行，也并不是所有的聚会都夹杂着情欲与肉欲的暧昧。在这座指挥整个国军抗战的如同整个中国神经中枢的城市里，一直都还存在一些积极的，代表爱国、抗战等主题的聚会。此刻，宋子文家的这次家宴聚会便是其中之一。

宋子文，早年曾经留学美国顶级大学——哈佛大学，归国之后就来到孙中山身边，先后担任央行行长、财政部部长等职，成为国民政府财经领袖；抗战爆发之后，为帮助国民政府争取美援，又转任外交部部长；加之他又是蒋介石的大舅哥，所以，在国民政府权力谱系中可谓位高权重。

毫无疑问，宋子文的家宴，自然是高朋满座，名流云集。

宴会还没有正式开始，雍容华贵的蒋介石夫人宋美龄，陪着大姐宋霭龄走了进来。

和宋子文、宋美龄比，宋霭龄的名气可能小一些，但她的能力、她的传奇性和她的影响，也是绝对不可小觑的。

宋霭龄在宋家三姐妹中的排行老大，15 岁时就到美国卫斯理女子学院读书，成为来这所学校就读的第一位中国女性。

在美期间，她曾经就自己刚到美国遭到海关扣留的经历，当面向老罗斯福总统提出过抗议，令这位总统当着一个孩子的面无话可说。这件事经过媒体报道，曾经在美国轰动一时。

回国之后，精通五国语言的她成为孙中山秘书，参与了国民党早期的重大活动。

与孔祥熙结婚之后，她推荐妹妹宋庆龄担任孙中山秘书，从而间接为二人走入婚姻创造了条件。

当蒋介石追求三妹宋美龄时，宋家一致反对，是宋霭龄从中周旋，从而促成了蒋宋联姻，让蒋介石和宋家都得到了巨大的实惠，为民国历史书写了不可忽视的一笔。

宋霭龄的身份十分特殊，国民政府三大家族都和她有关系，她是蒋介石的大姨子，是宋家的大女儿，是孔祥熙的妻子，当时就有人评价："蒋介石、宋子文、孔祥熙三个家族发生内部摩擦，闹得不可开交时，只有她这个大姐姐可以出面仲裁解决。她平日深居简出，不像宋美龄那样喜欢抛头露面。可她的势力，直接可以影响国家大事，连蒋介石遇事也让她三分。"

现在，宋美龄、宋霭龄一起来参加宴会，自然引来了周围人的侧目。

两个人正往里走，何应钦刚好走了出来。看到是两位夫人，他赶紧停下来，微笑相迎。

宋美龄微笑着对何应钦说："许久没有这样聚会了，什么理由？"

何应钦低声地向二位夫人报告道："这是一定要庆祝的。"

宋霭龄奇怪地问："怎么讲？"

何应钦略带神秘地说："宋外长要出访，我们得到一个情报，日本间谍在宋外长的飞机上装了炸弹，因为我们的情报一直没准确过，所以很多人将信将疑，但是宋外长信了，换了飞机，之前那架飞机果然发生爆炸。今天外长专门宴请那位情报专家。"

宋家两姐妹一怔，她们既为自己同胞兄弟躲过一劫而庆幸，也为国军情报技术的进步而高兴。

仿佛就是为了验证何应钦的话似的，就在宋家两姐妹发怔的时候，门口传来一阵喧嚣，四十多岁的宋子文拥抱年轻的石剑峰，然后又紧紧握着江户英子的手，真诚地说："谢谢你先生的救命之恩。"

江户英子并不明白发生了什么，她只能狐疑地看着丈夫。

就在这时，室内的音乐大作，盛宴即将开始，人们怀着喜悦的心情，纷纷向客厅涌去。

四

清晨，长江南岸暂时没有战争的硝烟，一切显得宁静祥和。步峰一家经常走过的那条小路，孩子有说有笑地走在前面，而石剑峰和江户英子两人则沉默地走在后面。

沉默了很久，江户英子还是忍不住问石剑峰："你救过宋外长的命？"

石剑峰含糊地回答："啊？啊，那次重庆大轰炸……"

石剑峰救宋子文当然和上次的重庆大轰炸无关，而是和那次破译日军电报有关，但出于遵守情报工作的严格纪律，他不能向妻子说出这一切。

和石剑峰一起生活了多年的江户英子，自然感到了丈夫在说谎，但她没有再问下去。

哈瓦那咖啡馆是一家颇有格调的咖啡馆，夜幕降临后这里顾客不少，却并不显得过于嘈杂。

情报专家石剑峰一身便装，却依然昂首挺胸保持着军人的英姿，地坐在吧台的一张高脚凳上。

被一身蓝色旗袍装点得十分丰满的黄怡青，步子轻盈地走了进来。落座后，她微笑地看着石剑峰说：“为什么请我？”

石剑峰没有回答，反而反问：“为什么救我？”

石剑峰所说的“救我”，指的是不久前那次日军空袭，当炸弹快要轰炸时黄怡青的奋力一扑。

黄怡青微笑着回答：“对国家而言，你重要……”

石剑峰显然对这个回答并不满意，他随口附和道：“我们都重要……”

黄怡青感到了石剑峰的心情变化，就挑逗地说：“如果说，你对我重要呢？”

石剑峰沉默了。

气氛突然变得暧昧又凝重起来，知道自己身担重任的黄怡青不敢把这种气氛继续渲染下去。她故作大大咧咧地笑着说：“开玩笑……吴庆铭太敏锐了，搬家是对的，上午日军重点轰炸了那里，夷为平地了……”

两个杯子又满了，石剑峰欲言又止。

黄怡青看出了什么，她鼓励道：“大胆说……”眼神中充满了复杂的期待。

石剑峰拿起一个杯子，凑近黄怡青说：“德国要进攻苏联……”

黄怡青有些失望，又有些振奋地问：“你破译的？”

石剑峰一脸凝重地说：“很重要，但是不是我期待的……”

黄怡青不再说什么，只是深情地看着眼前这个杰出的情报专家，心头升起很多复杂的情愫。

夜色更深了，持续亮了几个小时的灯火仿佛也疲惫了，正一个接一个地暗淡了下去，山城变得更加黑暗，更加寂静。

在江边一处僻静的角落里，黄怡青正在和一个中年男人谈话。男人的面目隐藏在黑暗里，看不太清楚。但从两个人谈话的状态可以判断，两个人只是工作上的接头，而这次接头谈论的内容却不同寻常。

黄怡青汇报完自己刚刚从石剑峰那里得到的情报之后，那个中年男人说："这个情报很重要，佐证了阎宝航得到的情报，延安决定把这个情报交给莫斯科。"

停顿了一会儿，他有所疑虑地问："有一个问题你要注意，石剑峰为什么会和你说这些，是不是刺探你的身份？"

黄怡青不语，她心里清楚，凭石剑峰那聪明的脑瓜，他不可能猜不出自己的真实身份，所以根本没有必要刺探。他把这份重要情报告诉自己，只是因为他想让自己知道，也希望延安方面知道。

五

火辣的太阳悬挂在莫斯科的上方，这个以寒冷而著称的城市此时正经历着一年中少有的炎热。

这本应是一个人们躲避阳光寻找凉荫的时候，但莫斯科大街上的时间仿佛突然静止了，无论男女，无论老少，他们都静静地驻足在莫斯科街头，他们在听广播。

广播的声音："1941 年 6 月 22 日，希特勒以 550 万大军、6000 门大炮、

4000辆坦克、5000架飞机，对北起波罗的海，南到黑海一线的苏联边界，展开了势如破竹的巨大攻势。德国坦克和步兵师像浪潮一般涌入苏联境内，在短短一个星期里，德军突破苏联边境300公里……"

听着广播，俄罗斯人民的心在哭泣，他们能够想到苏联的边境已经被攻克，大量的苏联士兵已经阵亡，苏联大片的领土已经沦陷，无数的德军正在一步步向莫斯科挺进，伟大的社会主义国家苏联正处在生死存亡的危急时刻。

清晨，在伦敦丘吉尔首相的私邸内，丘吉尔的秘书科尔维尔满脸焦虑，不停地在餐厅门口来回走动着。

科尔维尔清楚地知道，本来上次英国大选时，丘吉尔还不是首相。他为何能够不经选举而成为首相呢？这和丘吉尔的性格以及当时的国际局势有关。

贵族出身的丘吉尔，以强硬胆大而闻名。

二十多岁时，他曾经以随军记者身份到南非采访，结果被俘获，因为当时携带武器并参加过战斗，当地人拒绝释放他。他就极为大胆地一个人越狱，并取得成功。越狱事件让他闻名全国，他抓住机会，从此踏上政坛。

第一次世界大战爆发时，时任海军大臣的丘吉尔在收到"德国已经对俄国宣战"的电讯之后，就自行下达了海军总动员令，直到第二天动员令才得到内阁追认。

第一次世界大战之后，英国弥漫着和平主义的气氛，从政党领袖到平民百姓都认为，战争结束之后将不会有更为残酷的战争，所以主张裁军。

丘吉尔是议会中极少数的反裁军的人，他提出警告，德国正在撕毁《凡尔赛条约》，希特勒将会给世界带来战争，如果不阻止，我们将会毁灭。所以，当前不是裁军问题，而是应该重整军备，并鼓励盟友法国也加强军事实力。

然而，丘吉尔的警告并没有发挥多大作用，在大多数英国人的期许下，英国推行“绥靖政策”，对希特勒的扩张采取默认态度，首相张伯伦甚至亲自访问慕尼黑，与德国达成“慕尼黑阴谋”，牺牲捷克斯洛伐克的苏台德地区。

丘吉尔是极力反对“绥靖政策”的人，为此他还遭到重击选取的保守党党部的弹劾，最后侥幸以3∶2的信任票，保住了自己的议会席位。

1939年9月1日，德国闪击波兰，数小时候后，一直推行“绥靖政策”的张伯伦首相，邀请丘吉尔加入战时内阁，丘吉尔被再次任命为内阁大臣。

由于战事不利，英国下院议员们对张伯伦提出了不信任动议案，张伯伦被迫提出辞职，并建议一直反对“绥靖政策”的丘吉尔组阁。

在出席下院议会的第一次讲演中，丘吉尔说：“我没有别的，只有热血、辛劳、眼泪和汗水献给大家。你们问，我的目的是什么？我可以用一个词来回答，“胜利”，不惜一切代价去争取胜利，无论多么恐怖也要争取胜利，无论道路多么遥远艰难，也要争取胜利，因为没有胜利，就无法生存。”

战争的阴影笼罩在大家心头时，丘吉尔的话给了英国人民巨大信心，最后下议院以 381 票对 0 票的绝对优势，表达了对丘吉尔的支持。

就这样，在第二次世界大战欧洲战场刚刚爆发的第二年，即 1940 年，丘吉尔意外地成了英国首相。

丘吉尔没有辜负英国民众对他的期望，这一两年来，他凭借坚强的意志，成功地指挥着英国与纳粹德国周旋。

现在德国进攻苏联，作为丘吉尔的秘书，科尔维尔应该在第一时间把这个消息告诉丘吉尔。但此时的丘吉尔正在休息，科尔维尔又担心影响到丘吉尔的休息，所以他非常着急。

在科尔维尔的焦急等待下，69 岁的首相丘吉尔终于在女儿玛丽的陪同下走进了餐厅，和他们一起的还有怀南特夫妇、艾登夫妇。

等几个人落座以后，科尔维尔赶紧走了过来，低头对丘吉尔：“首相，有一个事情要告诉你，德国已经进攻苏联了。”

丘吉尔怔了一下，一脸凝重地问：“什么时间？”

科尔维尔回答：“今天早上四点钟。”

丘吉尔把刚刚点燃的烟斗握在手中，有些愤怒地问：“什么时间？”

科尔维尔重复道：“四点钟。”

丘吉尔的火气更大了，他提高声音问：“我是说，你是几点钟得到的消息？”

科尔维尔回答：“四点十分。”

丘吉尔气愤地问：“那个时间为什么不告诉我？”

科尔维尔语气缓和地说：“您昨天亲口告诉我，除非德国进攻英格兰，否则，不得因为别的事情叫醒您。”

丘吉尔自然记得自己昨日的叮嘱，但秘书如此僵化地执行自己的命令，竟然把德军进攻苏联这样的大事耽误了这么久才来汇报，这令丘吉尔很是不快，摇头转身对怀南特夫妇：“你们说对这样呆板的秘书，我还能让他留在我身边吗?”

艾登接过话说：“当然要留，这不是他的错，是那个疯子不按常理出牌，把发动战争的时间放在首相起床前。”

大家都知道艾登所说的那个“疯子”就是喜欢发动战争，把世界拖入战争泥潭的希特勒。

听了艾登的调侃，在场的几位英国绅士和高贵的女士们发出轻轻的笑声。

丘吉尔的愤怒也随之消失了，他说：“那好吧，等处理完了希特勒，再处理你，通知英国广播公司，我在今晚9时讲话。”

六

夜幕降临后，伦敦比平时更早地进入了夜的寂静，因为市民们都知道，今晚9时首相丘吉尔将通过广播发表讲话，讲话的主题自然是战争，是德军进攻苏联之后，英国和英国政府将会怎么办。

教堂上大钟的指针终于走到了9的位置，随着第一声钟声响起，丘吉尔在唐宁街10号自己的办公室内的演讲就开始了。

丘吉尔说：“……我必须发表这个宣言，但是，我们将要采取什么样的对策，你们还有怀疑吗?我们只有一个宗旨，一个唯一的、不容改变的目标，我们决心毁灭希特勒，以及纳粹制度的一切痕迹。什么也不能改变我们的决心，什么也不能，我们绝不和敌人谈判，我们绝不和希特勒和他的党羽进行会谈，我们将在陆地对他作战，我们将在天空对他作战，我们将在海洋对他作战，直到邀天之助，我们把他们的影子从地球上消除干净。任何对纳粹德国作战的个人和国家都将得到我们的援助，任何跟着希特勒走的个人和国家都将是我们的敌人……”

丘吉尔的讲话，引来了一阵又一阵的令人振奋的掌声。

很快，丘吉尔的讲话在大洋彼岸的美国引来了响应者，那就是美国总统罗斯福。

和丘吉尔一样，罗斯福的经历也颇为传奇。

罗斯福早年就读于哈佛大学，31 岁时就做到了海军部副部长。然而，就在这时他患上了脊髓灰质炎症，身体的大部分都失去了行动能力。对于一个前途远大的年轻人来说，这是多么大的一场打击啊！

然而，靠着坚强的意志，他通过不断接受康复训练，最后他可以坐在轮椅上办公了。

虽然身体非常不方便，他却没有放弃从政愿望，在美国遭遇 1929 年的那次经济危机时，他以实施“新政”为口号参加总统竞选，并赢得了大选。成功当选总统后，他确实带领美国走出了经济危机的泥潭。

本来美国总统只能做两届，但第三次总统选举时，恰逢“二战”爆发，主张对希特勒采取强硬手段的罗斯赢得大选，连任第三任总统。

在第二次世界大战这段艰苦的岁月里，罗斯福、丘吉尔这两位具有传奇经历的政治家，将和中国的蒋介石、苏联的斯大林等人一起，领导世界人民一起抵御法西斯势力血战到底。

听了丘吉尔在英国发表的演讲之后，在庄严的美国白宫里，罗斯福总统说：“我们同英国的许多观点一致，我们赞同英国的政策，任何抵御希特勒的行动，都应该得到支持，希特勒不仅是欧洲的危险，也是美洲大陆的主要危险。任何反对希特勒主义的斗争，任何反对希特勒主义力量的团结，都将加速推翻德国的统治者，也将促进美国的国防和安全。”

一旁的国务卿赫尔说：“总统先生，我有个建议，苏联在美国的存款，由于他们和德国签订协约后开始被冻结，现在？”

罗斯福果断地说：“苏联正是用钱的时候，解冻。我还有一个想法，你是否代表我，去一下莫斯科。”

赫尔点头说：“你的意思，我明白了，总统先生。”

第二章

斯大林的担忧

时任苏联人民委员会副主席的伏罗希洛夫回答：“让红军四局的情报机关，立即摸清日本人的真实意图，以帮助最高统帅部下最终决心。”

斯大林点了点头，说：“是这个意思。同时也请中共继续帮助我们，德国进攻苏联的情报，是延安传给我们的……”

一

德军进攻苏联也引起了中国共产党的高度关注，在陕北延安杨家岭的中央军委机要室里，毛泽东主席正在一脸凝重地口授电文："中国共产党《关于反法西斯国际统一战线的决定》1. 坚持抗日民族统一战线，坚持国共合作，驱逐法西斯日寇出中国，即用此援助苏联……2. 对于大资产阶级中反动分子的任何反苏、反共活动，必须坚决反抗之。3. 在外交上与英美及其他国家一切反对德、意、日法西斯统治者的人士联合，反对共同的敌人，目前全世界共产党人的任务就是为反对法西斯而斗争，为保卫苏联，保卫中国，为保卫一切民族的自由和独立而斗争……"

很快，中国共产党领导的媒体也随之响应号召，《解放日报》大字标题："德国法西斯进攻苏联"；《新华日报》头版消息："德国法西斯进攻苏联"……

在莫斯科的苏联最高统帅部内，一场事关苏联生死存亡的国防委员高级会议正在进行中。

苏联最高统帅斯大林、外长莫洛托夫、参谋总长朱可夫及铁木辛哥、布琼尼、伏罗希洛夫、沙波什尼科夫等苏联党政军要人，都围在一幅巨大的苏联版图沙盘的周围。

对于战争，65 岁的斯大林早已不再陌生。

这位普通鞋匠家庭出生的人，早在 20 岁时就加入了俄国社会民主党，从此开始了职业革命生涯，他因为闹革命曾经被捕过 7 次，流放过 6 次；他和列宁一起，参与并领导了俄国十月革命，建立了世界上第一个苏维埃政权；他和列宁一起参加并领导了俄国内战，粉碎了国内外敌对势力对红色政权的反扑，有力地捍卫了苏维埃政权。

1922 年，40 多岁的斯大林成为苏共总书记，成为这个庞大国家的领袖。如今他领导这个国家已经近二十年了，他钢铁般的意志，他非凡的领袖才能，他丰富的从政经验，让他成为这个庞大国家无可争议的主宰者，成为指挥苏联抗击德国侵略的最高统帅。

毫无疑问，斯大林对俄国的军事实力是乐观的，对俄罗斯人民的勇敢精神也是自信的，他坚信勇敢的俄罗斯人民一定能够打赢这场战争。

然而，德国军队竟然能够用一个星期的时间突破苏联边境，并能向内挺进 300 公里，这还是令这位久经战争考验的人变得格外焦虑，格外谨慎起来。

看着沙盘，他一脸严肃地问："列宁格勒军区波波夫中将的 21 个师，可以投入战斗；波罗的海特别军区库兹涅佐夫大将的 25 个师，可以投入战斗，但是，我担心的是华西列夫斯基远东军区的 30 个师，怎么使用？"

苏联的远东地区，指的是北起北冰洋，南同中国和朝鲜相邻，东临太平洋的一块有 600 多平方公里的区域。因为这一地区的西南部距离日本较近，一旦日本进攻苏联，很可能就会选择这里作为突破口，所以华西列夫斯基远东军区的这 30 个师是用来对付日军的。

苏联为何如此担心日本的进攻呢？这和日本的"南进"和"北上"战略有关。

早在明治维新以后，日本政府就确立以侵略扩张为基本国策。当时，日本把敌人定为中国。甲午海战之后，腐败落后的清王朝已经对日本构不成什么威胁，他们又把目标定为北方的大国俄国。

日俄战争中，俄国败给了日本，又让日本把目标定为资本主义头号强国美国。

苏联诞生后，美、苏两国都成为日本的假想敌。尤其是随着日本军国主义兴起时，日被最高统帅部内一直存在着两种声音：一是以海军为代表，主张把美国作为敌国，南下进攻南洋诸岛，这一战略被称为南进战略。另一种是以陆军为代表，主张以俄国为目标，北上苏联远东地区，这种战略叫北上战略。

起初，海军受到天皇和统帅部的青睐，所以南进派一直占据优势。但十月革命以后，处于对社会主义的恐惧，苏联被视为可怕的敌人，北上派随即占据了上风。

1938 年 7 月，日军第 19 师与苏联军队在张鼓峰地区发生一场军事冲突，终于抛下几百具尸体而失败。

1939 年，日本关东军又以第 23 师团等部约 6 万人，进攻外蒙古所属的诺门坎地区，在苏军优势机械化部队的反击下，日军损失惨重，几乎被全歼。

虽然了有了这两次失败，但日本陆军部并没有死心，他们一直都在等待进攻苏联的好时机。

所以，听了斯大林的话后，朱可夫肯定地说："远东军区应该成为战略总后备军，不到关键时刻，不能用。"

斯大林敏捷地反问："那我不禁要问，什么时候是关键时候？显然这 30 个师是为日本关东军准备的，但我只有一根棍子，却来了两只狼。"

时任苏联人民委员会副主席的伏罗希洛夫回答："让红军四局的情报机关，立即摸清日本人的真实意图，以帮助最高统帅部下最终决心。"

斯大林点了点头，说："是这个意思。同时也请中共继续帮助我们，德国进攻苏联的情报，是延安传给我们的……"

Аксу
Кашгар
Тарим

УЛАН-БАТОР
Чойбалсан
НАЯ РЕСПУБЛИКА
Хайлар
Харбин
Тура
Киренск
Бодайбо
Артемовский
Чита
Сретенск
Братск
Тайшет
Нижнеудинск
Кяхта
АМУРСКА
Балкарская АССР
Бурятский
нац.округ
УКРАИН
16 Волын
17 Закарп
18 Крымск
УЗБЕКС
19 Кашкадарь
20 Сурханда
21 Сырдар
22 Хорез

二

夜深人静，在那家熟悉的哈瓦那咖啡馆里，有人在喝咖啡，有人在喝酒，也有几个人在跳舞。

石剑峰和黄怡青并排坐在一起。

石剑峰望着眼前的杯子，有些忧郁地说："德国进攻的速度太惊人……"

黄怡青有些好奇地问："你好像很愿意谈论这场战争。"

石剑峰回答："因为中国抗战太久了。"

黄怡青问："你的意思……"

石剑峰略带神秘地说："如果日本有高明的政治家，他们现在应当进攻苏联。"

黄怡青有些吃惊地问："为什么？"

石剑峰有些疲惫地回答："中国太累了……让别人也担一点。"

黄怡青想问什么，又止住了。她知道石剑峰的话并没有说完，日本进攻苏联不是因为中国太累了，而是因为苏联正在应付快速推进的德军，这正是日本进攻苏联，一雪前耻的良机！

那么日军会不会这样做呢？

也许是看到了黄怡青的疑问，石剑峰说："我一直在关注他们的兵力变动，但没有这个动向……"

黄怡青略一思忖，突然站起来伸出一只手，对石剑峰说："咱们跳舞吧……”

回到住处之后，尽管夜已经很深了，黄怡青并没有睡，她拿出纸笔，写了封信。

最后，她在信封上写道：上海霞飞路 137 号史沫特莱女士收……

史沫特莱出生于美国，是著名的记者、作家和社会活动家，她一直关注全世界无产阶级的革命事业，1928 年来到中国后，广泛结交朋友，宣传中国红色革命和中国共产党。1937 年，她曾经受邀访问延安，并强烈要求加入中国共产党。考虑到留在党外更容易支持中国的革命事业，党没有在形式上让她入党。她理解了中央领导人的良苦用心，也知道了中国红色革命的不易，于是，她继续不遗余力地支持中国的革命事业。

现在黄怡青给这位党外记者写信，自然是为了告诉对方，刚刚与石剑峰谈话中获得的那个信息。

三

无论是和平时期还是战乱岁月，和巴黎的香榭丽舍大街、纽约的第五大街齐名的东京银座，一直都是繁华的。

尤其是在入夜之后，路灯和大厦灯光交相辉映，变化多端，景色异常迷人。

在一家豪华的舞厅里，灯光昏暗，舞曲悠扬，长着一张欧洲人面孔的左尔格，正搂着花子跳舞。

果。海相及川显然有些动摇，他对陆军参谋长杉山元说：“推迟半年怎么样？”

人们还在争论着，迟迟达不成统一的意见。

一直没有说话的首相近卫文麿用杯子盖碰了一下杯子，掷地有声地说：“南进，以《目前形势下国策提纲》方式提交御前会议。”

近卫文麿的话令东条英机有些不满，但此时他仅仅是陆相，还无法推翻近卫文麿的决定，直到几个月之后，他取代近卫文麿成为日本首相，他才真正成为日本的主宰者。

又一场会议隆重举行，会议厅内显得格外庄严肃穆，再也听不到昔日会议的嘈杂声，两条长桌上铺着锦缎，到会的四相及陆海军总长分坐两边。

不用问，一定有“大人物”要出席这次会议。

果然，过了一会儿，身穿军装、戴着眼镜的昭和天皇裕仁走了进来。

裕仁于1901年出生于日本东京，1916年被立为皇储。作为一个充斥着军国主义思想国家的皇储，裕仁从小就被有意识地培养尚武的性格。

1926年，裕仁正式继位，改元昭和。裕仁不仅掌握军权、政权，处于日本各阶层的顶点，他还掌握神权。所以，裕仁走进之后，与会人员立即起立鞠躬。

裕仁在金屏风前坐下。

近卫首相开始宣读《目前形势下国策提纲》，裕仁一直静静地听着，一言不发。直至结束，他才站起身来离席。

这代表着天皇同意了《目前形势下国策提纲》。

近卫很是兴奋，他放下文件，首先签字。接着，陆军总长杉山元签字，海军军令总长永野修身签字。

然后，文件被送给天皇。

最后，文件交到内宫省，加盖御玺……

这意味着《目前形势下国策提纲》正式通过，日军不会进攻苏联，而是将实施南进。

为什么这个时候的近卫文麿首相和裕仁天皇，都认可“南下”战略呢？这是有原因的。

南下的主要目的是石油，对于资源贫瘠的日本来说，要发动战争，必须要先争夺到石油资源才行。

但当时的南洋诸岛是英、美、荷兰的殖民地，这就为日本的南下战略增加了麻烦。

纳粹德国在欧洲挑起战争之后，英国、荷兰无暇顾及南洋诸岛，但美国一直没有参战，所以，日本南下的主要障碍变成了美国。

尽管日本石油短缺，非常渴望南下，但一方面是因为陷入中国战争的泥潭，一方面是畏惧美国强大的国力，所以他们一再推迟南下时间。

1940 年，希特勒策划了对英国的“海狮行动”，要求日军和德国同时对

英作战。为了响应希特勒的行动，日军驱除了所有在华的英国侨民，剥夺了英国在华利益。日军的做法直接影响了英美两国的利益。

不仅如此，尽管日本还没有正式实施南进，但它在东南亚的扩张，还是引起了美国的不满。为了给日军一点警告，美军冻结了对日本的贸易，其中最重要的是高辛烷石油。

没有了石油，日本的战斗装备就无法行驶，舰艇就要抛锚。日本现在面临两难选择，要么从中国撤兵，停止对外扩张，外交上向美国靠拢。要么自组旗帜，南下夺取战略资源，继续加强对外侵略。南洋有美国、英国、荷兰的殖民地，进军南洋就等于向美、英、荷三国，尤其是美国宣战。

投降，或者战争，对于被军国主义“洗脑”到近乎疯狂的日本军人来说，太容易选择了，他们孤注一掷，决定实施南进战略。

四

左尔格住在东京的一套普通房子里，清晨刚刚起床的左尔格坐在沙发上，随手拿起一本画报在翻开。

石井花子一个人在默默地收拾床铺，这是一幅非常温馨的家庭日常场景。

但这种温馨的氛围很快被一阵急促的电话铃声打破了，电话铃响起后，左尔格立即抓起电话。一旁的石井花子不经意地看了左尔格一眼。

通话时间并不长，但显然通话的内容非同寻常，刚刚从睡梦中清醒过来的左尔格突然困意全无，他快步走到床边找衣服。

“出去吗？不吃饭了？”石井花子有些失望地问。

左尔格边穿衣服边回答：“来不及了。”

左尔格驱车再次到达了东京最繁华的地方——银座，把车停好之后，他谨慎地回头看了看，当确定无人跟踪他后，他走进一家小面馆。

但他不知道，就在不远处的另一辆车里，这有两个人正盯着自己，他们就是新井少尉和卷泽少尉。

两个跟踪者年龄并不大，都是刚刚从陆军中野学校毕业的学生。但他们所隶属的单位——特高课却很厉害。

特高课隶属于日本内务省，专门从事特务及谍报活动，它的首领就是臭名昭著的大特务头子原贤二。

受到两名特高课特务的跟踪，左尔格的身份自然是复杂的。

但起初，这两名特高课的特务对左尔格的身份并没有搞清楚。看到左尔格走进面馆，新井指着左尔格的背影说：“德国《法兰克福报》驻东京特派记者，实际上是盖世太保，对他可以放心。”

德国的盖世太保、年轻的卷泽还是有些将信将疑地看着小面馆。

卷泽的怀疑没有错，这个左尔格虽然真的是一名德国人，但其身份却并不是臭名昭著的盖世太保，而是一名优秀的苏联侦察员。

一个德国人怎么会成为一名苏联侦查员呢？原来在“一战”时，他应征入伍参加了那场残酷的战争，后来因为受伤住院。战场的惨烈开始让他反思战争，就在这时他受一位护士的父亲影响，接受了共产主义思想。

后来，他加入了德国共产党，但却因为政治观点而被迫逃到苏联，加入了共产国际，后来又加入了苏联共产党。在苏联期间，左尔格在共产国际新闻处工作，后来被苏联情报部部长别而津招用，在经过严格的训练之后，他成了一名苏联红军侦察员。

左尔格经常被派到德国、中国、日本等国家从事情报活动，为了掩饰身份，他依然以新闻记者的身份四处活动。

1933年，左尔格结束了在中国的特务活动之后回到苏联，当别而津问他有何打算时，他主动请缨要去日本。当时苏联正把日本当成东方最危险的敌人，于是别而津非常高兴地把左尔格派到了日本。

作为间谍，左尔格是自负的，也是优雅的。这位先后在柏林大学、基尔大学深造过，并取得过博士学位的人，确实智慧过人，他的信条却是：不撬保险柜，但文件却主动送上门来；不持枪闯入密室，但门却自动为他打开。

左尔格在日本确实为苏联提供了很多重要情报，但左尔格的行为还是引起了日本特高课的注意，所以才派了新井和卷泽跟踪左尔格。

看到卷泽还在盯着左尔格不舍得走，一旁的新井则提醒他："不要再待下去了，时间长了会引起注意。"

于是，卷泽有些不太情愿地发了动汽车。

面馆内，早已等在那里的尾崎秀实，伪装得像普通顾客那样，正在低头吃面。

左尔格走了过去，按照提前约定的暗号对尾崎秀实说："先生，有火吗？"

尾崎掏出打火机和一个小纸卷，一起交给了左尔格。

拿到纸条后，左尔格急匆匆地赶回寓所。打开门之后，他看到桌子上有一张纸条，是石井花子写的："我回去了，明天见。爱你，石井花子。"

顿时，左尔格内心升起了一份甜蜜的温情，又夹杂着些愧疚。

他来不及沉醉在这份温情里，而是快速地扫了一眼石井花子留下的纸条，走进里间，并立即把里间的门关好。

他迫不及待地拿出从尾崎秀实那里取回的那份纸条。纸条上的字不大，清楚地写下了一些信息：

1. 御前会议已最后决定南下战略；

2. 如果 10 月下旬美日谈判达不成协议，日本将对美宣战；

3. 史沫特莱从中国传来情报，驻华日军无调动迹象，“关特演”将被推迟，日本海军将准备向南进发。

读完纸条，左尔格深深地出了口气，看来日本军队暂时不会进攻苏联，苏联可以逃过两面夹击的命运，集中精力对付西边的德国纳粹了！

平静了一下激动的心情之后，左尔格取出笔，拿出纸。

五

斯大林正在克里姆林宫的一间宽敞的办公室内办公，伏罗希洛夫快步走了进来，把一份报告递给斯大林。

这份电报的情报自然是来自左尔格，于是，一直担心苏联可能腹背受敌的斯大林读完这份报告之后，紧锁了多天的眉头终于舒展开了。

他兴奋地说："左尔格在关键的时刻给了我们一个关键的信心。延安也来电，日本不会从我们的背后进攻苏联。我想他们是没有准备好。"

伏罗希洛夫纠正道："不，是日本人从中国抽不开身。中国拖住了他们。"

斯大林动情地说："这个说法我赞同，但是无论怎么讲，苏联正在经历着历史上最寒冷的一夜。"

伏罗希洛夫道："斯大林同志，根据这样的情报，我们是不是可以从远东抽掉10个师。"

斯大林斩钉截铁地说："不，跟远东军区司令员华西列夫斯基说，在莫斯科最困难的时候，我向他借20个师。等他需要的时候，我给他100个师。"

伏罗希洛夫微笑着说："我有个感觉，这100个师不是你给的。"

斯大林不解地问："那么是谁？"

伏罗希洛夫："是中国。"

斯大林点了点头，严肃地说："伏罗希洛夫同志，你的话我明白了。眼下正是中国在解决世界性问题，日本能否成为太平洋和太平洋沿岸的主宰者，取决于中国和日本这次战争的结局。"

第三章

日本偷袭珍珠港

记者问："你对日美关系怎么看?"

毛泽东说："我不是小人，也不是幸灾乐祸，日美早晚要有一战，你不要看日本那个什么近卫首相嚷着要和美国人谈判，罗斯福也好像相信这一套。"

一

冬天的一个夜晚，位于日本东京新桥的千代子的寓所内，灯光温柔，歌声曼妙。

年轻美丽的千代子娇媚地躺在榻榻米上，月光的清辉照在她那光洁的肌肤上，如花似玉。

女为悦己者容。从千代子媚眼盈盈的神态可以看出，她对坐在自己身边的那位男人深怀感情。

坐在千代子身边的是怎么样的一位男人呢？50 多岁，个子不高，相貌普通。但几乎整个日本国的年轻人都认识这个人，他就是军功赫赫的日本帝国海军联合舰队总司令山本五十六。

山本五十六之所以有这个奇怪的名字，是因为他爹在 56 岁时才有的这个儿子。

山本五十六自小受到武士道精神熏陶，10 岁那年其父亲用武士刀划伤了他的双腿 12 次，以象征他正式成年。他曾经先后在日本江田岛海军学校、美国哈佛大学深造。

进入军界之后，他是航空兵的鼓吹者，到了 1935 年他就任航空本部部长。淞沪会战期间，他曾经派出两艘航母上的舰载机轰炸了上海。此外还轰炸过杭州、广德等城市，炸死了许多中国人，在中国欠下了累累血债，也因此他的名字被广大中国人所熟知。

1940年，军功卓著的他被授予海军大将军衔，在几个月后的塔兰托战役中，他一举击毁3艘战列舰，改变了地中海战役，成功震撼了这个世界海军，还第一次让人们知道，原来被认为是海上霸王的战列舰，居然可以被从一架小飞机上扔下来的一枚鱼雷炸入海底。

在中国人眼里，山本五十六是罪恶滔天的，但在日本人眼里，他却又是一位杰出的军事天才。自古美女爱英雄，在这样的“英雄”面前，千代子春心荡漾自然是在所难免的了。

看着眼前的美人，想到又将有一场更为壮观、注定将载入史册的海战即将上演，已经微醺的山本五十六异常兴奋。他放下酒杯，豪放地对千代子说：“开战了。”

千代子含笑：“由你……”

山本五十六知道千代子没有理解他的本意，当然他不能解释，因为那场战争还没有开始，一切还处于保密阶段。

所以，他将错就错，用色眯眯的眼睛盯着千代子平坦的脊背：“真好，它就像‘长门号’的甲板。”

千代子娇声道：“由你的飞机千百次地起飞。”

山本五十六高兴地说：“我就战死在这里。”

千代子道：“那也是我先死。”

接着，山本五十六吼叫着，千代子呻吟着……

阳光明媚，海上碧波万顷，沙鸥轻点。

日本歌之浦军港却是军乐齐鸣、汽笛嘶鸣、军歌嘹亮，各类战舰蠢蠢欲动。

看到这一幕的人都能预感到，一场海上大战即将拉开帷幕，只是不知道这场战争的矛头会指向哪里。

二

夜幕下的重庆军政部依然警戒森严，一辆吉普车从山下急驶而来，车子戛然而止。

等在那里的侍从打开车门，从车子里走出来的却是吴庆铭和石剑峰。下车之后，不用通报，二人就急匆匆地走进了军政部的大门。

在将星云集的军政部，吴庆铭、石剑峰这两个人的军衔并不算高，能够在深夜中轻松地走进军政部的大门，一定是他们获得了非常重要的军事情报。

走廊里响起了两个人的脚步声，两个人一路畅通无阻，只是在进最后一道门时，石剑峰被拦了下来，只有吴庆铭走了进去。

过了好一会儿，吴庆铭陪着军政部长何应钦一起走了出来。

看到何应钦亲自走了出来，石剑峰有些激动，他连忙敬礼。

何应钦走上前来热情地握了一下石剑峰的手，急切地对他说："把情况再说一遍。"

石剑峰说："技术室截获一个来自日本发往日本驻美国大使馆大使野村的特级电报。"

何应钦不语。

石剑峰继续说："日本电报的内容是，1. 立即烧毁一切机密文件；2. 尽可能通知有关存款人将存款转移到中立国银行；3. 帝国政府将要采取行动。"

何应钦还是不说话，显然他不太相信这份电报的内容。

吴庆铭看出了何应钦的心思，于是连忙说："部长，在日本大本营未决定南进和北进时，这个同志也截获过日本的电报，当时他们发现几个相关的代号，比方说'西风紧'、'北风晴'、'东南有雨'。经过反复研究，他搞明白了，'西风'指美国，'北风'指苏联，而'东南风'指中国。这之前他也破解了一些部队番号和战斗命令等，因为事情不大，就直接交给有关部门了，这一次事情太大，于是，就亲自向部长汇报。"

石剑峰进一步补充说："最近经常收到一个从日本歌之浦港发出的电台信号，山本五十六向联合舰队发出暗语'登上新高山'。我们分析，日军可能是对美国要有行动。"

沉默了很久，何应钦不敢自己擅自做出主张，他轻声道："要向委员长报告。"

很快，经过蒋介石同意，石剑峰破解出的电报内容，被国民政府转交给了美国政府。

在美国白宫，罗斯福总统从国务卿赫尔手里接过一份东西，他看了一会儿，问："是中国发来的？"

赫尔回答："刚刚转来的。"

罗斯福怀着好奇地心情反问道："亲爱的赫尔，你怎么看这份电报？"

赫尔有些傲慢地回答："中国的情报与美国的情报相比，我更相信后者。您呢，总统先生，您怎么看这份电报？"

罗斯福笑了一下，愉快地说："赫尔，咱们两人的观点已经好久没有这么一致了。我相信美日有矛盾，但是也担心有人把这种矛盾人为地扩大到战争层面上。"

显然，罗斯福不仅不相信这份电报的内容，反而怀疑可能是中国有意挑起美日两国的矛盾。

赫尔问："你是说蒋介石是小人吗？"

罗斯福回答："也许是我们对他费解了。"

赫尔耸了一下肩，说："既然如此，那就不理睬它好了。"

罗斯福说："电报可以不理，但是对蒋介石先生的热心，我们还是要表达一下心意的。"

三

奔腾的黄河其声动地，浊浪拍岸，黄河之水天上而来。

中共领袖毛泽东正和一名美国记者，站在黄河岸边的一块巨石上。从远处望去，黄土高原河天一色，河水飞流直下。而立在黄河岸边的毛泽东，愈发显得伟岸挺拔。

美国记者问："在美国有一种说法，罗斯福对中国共产党的印象还不错。"

毛泽东回答："印象不错。这是八路军、新四军，是中国共产党领导的抗日力量争取到的。美国人现在对中国共产党印象不错，也是因为中国共产党人抗日。在中国抗日正面战场最紧急的时候，我们一次战役就投入 100 多个团。"

记者问："你是指百团大战吗？"

毛泽东微笑着回答："一下子牵扯了日本几十万人。它的意义就在于，抵制了法西斯，为保卫苏联，保卫中国，保卫一切民族的自由和独立而斗争。"

他又掰起指头说："我们会用实际工作证明，我们坚持抗日民族统一战线，坚持国共合作，把日寇驱逐出中国，即用此以援助苏联。还有，在外交上，同美、英及一切反对德意日法西斯统治者的人们联合起来，反对共同的敌人。”

记者问：“你对日美关系怎么看？”

毛泽东说：“我不是小人，也不是幸灾乐祸，日美早晚要有一战，你不要看日本那个什么近卫首相嚷着要和美国人谈判，罗斯福也好像相信这一套。”

看了一眼满脸惊讶的美国记者，毛泽东继续说：“跟你们讲，德国人进攻苏联的情报，就是我们共产党提供给苏联的，我们在重庆工作的同志，从国民党高层知道了德国进攻苏联的准备时间，他们发电报给我，我一分钟都没有耽误，批了四个字‘即送友人’。”

停顿了一下，毛泽东微笑着说："我不是算命先生，但是，我可以说，日本是要打你们的，而且我分析很快就会干起来。不过，你可以告诉罗斯福，中国人、中国共产党人一定会站在反法西斯的统一战线上……"

记者不太相信毛泽东的大胆预测，因为从当时的现实情况分析，已经陷入中国战争泥潭的日本，无论如何也不太可能去主动挑衅美国这个庞然大物。所以，记者好奇地再次追问："你是说日本人会打美国？"

毛泽东铿锵有力地回答："信不信由你，由你们美国人。"

四

与此同时，位于西北太平洋日本北海道东北的择捉岛外，突然喧闹了起来，由南云忠一率领的舰队接到命令，将从这里和附近的单冠湾集结出发。

"赤诚号"航空母舰上，旗语打出"起锚"。

一个锚链在"加贺号"航空母舰上，提起。

一个锚链在"苍龙号"航空母舰上，提起。

还有"飞龙号""端鹤号"……

他们的目的是就是位于夏威夷的珍珠港。为什么日军要选择珍珠港作为目标呢？

珍珠港地处瓦胡岛南岸的科劳山脉和怀阿奈山脉之间平原的最低处，与唯一的深水港火奴鲁鲁港相邻。据说，此地从前盛产带珍珠的牡蛎，因而得名。

从地理位置上来看，夏威夷的珍珠港是交通的主要枢纽，夏威夷东距美国西海岸，西距日本，西南到诸岛群，北到阿拉斯加和白令海峡，都在2000海里到3000海里之间，跨越太平洋南来北往的飞机，都以夏威夷为中续站。

日本认为，先在太平洋上夺取制空制海权就意味着南下的道路畅通无阻，必须先摧毁珍珠港，于是，他们把攻击的目标选择在了珍珠港。

袭击珍珠港，无疑会激怒美国，对于这一点日本不是没有考虑。极力主张这次行动的山本五十六就曾经说："日美发生战争，将给人类带来巨大的灾难，是整个世界的不幸。对我日本帝国而言，则意味着为自己树立战后的新的更强大的敌人，制造新的危机……如果日本参战，最终必将失败。"

所以，这位战争狂人的结论是："设法回避同美国交战，才是良韬妙策。"

山本以上言论是清醒的，但他的做法却让人感到惊讶，因为他极力主张实施这次行动，面对反对派的阻挠，他甚至威胁，假如这个行动被中止的话，他将引退。

山本为何会这样呢？因为他认为虽然从长远来看，日本会败于美军，但袭击珍珠港至少暂时可以消灭美国海军在太平洋上的主力，从而为日军带来一年左右的战略优势。而这一年左右的战略优势，足以让日本做很多事。

五

在东京马克斯·克劳斯的寓所附近，一个青年人再一次处在了日本特务新井和卷泽的监视中。

新井认识这个青年人，他略带遗憾地对卷泽说："他叫伊藤，在满铁时曾给尾崎秀实当过助手。"

卷泽大吃一惊，充满感叹地说："尾崎秀实，近卫首相的秘书，这太可怕了。"

因为涉及近卫首相，两名刚刚从学校毕业不久的日本特务不敢擅自做主，他们决定把情况报告给最近势头正盛、大有取代近卫首相的东条英机。

于是，两个人在其上司大阪大佐的带领下，来到了陆军省东条英机的办公室。

听完两个年轻人的汇报之后，东条沉吟了一会儿，狠狠地说："还是那句话，谁损害了帝国的利益也不行！"

事情就这样决定了！

黑夜中的日本宪兵队行刑室灯光昏暗，阴森恐怖。

昨天还四处活动的伊藤，现在已经被抓进了这里，并被折磨得奄奄一息。

一桶冰凉的水浇到了伊藤的头上，无法再继续死扛下去的伊藤无奈地说出了一切："我，尾崎秀实……"

于是，和伊藤有关的这条线上的和日本军国主义作对的相关人员，全部都在劫难逃了！

夜幕深沉，刚刚洗浴完毕的花子听到了一阵急促的敲门声，她以为是左尔格回来了，便赶紧跑来开门。

房门打开了，站在她面前的却是日本特工大阪和卷泽。

两个人不经花子的允许，径直走进了花子的房间。卷泽从花子的梳妆台上拿出一个打火机，细细观看着。

就在这时，敲门声再一次响起。花子一怔，她知道左尔格回来了，但她没有勇气发出声音提醒左尔格赶紧逃跑。

狡猾的日本特工自然也明白是谁在外面敲门，他们掏出枪，等在门口。

就这样，左尔格被捕了。

六

冬日的天空干燥而纯净，阳光格外刺眼。在阳光的照射下，蔚蓝的太平洋显得格外广阔，看不到尽头。

突然，在如此广阔的海域内，出现了一支庞大的联合舰队，负责指挥这支联合舰队的是南云忠一。

坐在自己的指挥舱里，南云忠一还不能忘记不久前的那场争论。对于南进问题，南云忠一是反对的。

但日本帝国海军联合舰队总司令山本五十六等人，却主张主动向美国发动攻击，偷袭珍珠港。

仅仅是第一航空舰队指挥官的南云忠一，无力影响决策。最后，日本不仅决定偷袭珍珠港，还任命反对这一行动的南云忠一为此次行动的总指挥。

军人的天职是服从，尽管在讨论时南云忠一反对这一行动，但一旦高层做出决定，他还是不遗余力地执行这一行动。

南云忠一所在的指挥舱里，广播在不断放送着一首诗："山川草木转荒凉，十里腥风新战场，征马不前人不语，金州城外立斜阳……"

这首诗的作者是乃木希典，日俄战争期间就任日本陆军大将兼第三集团军司令官，在听闻儿子阵亡的消息之后，他有感而发写下了这首诗。

这个时候为什么要反复播放乃木希典的这首诗呢？

乃木希典也许并不算非常杰出的军事将领，但其对天皇的忠心却是令人震惊，明治天皇殡葬之日，他一直为天皇守灵，并和妻子静子一起在家剖腹自杀，为天皇殉葬，以死效忠天皇。

在外国人看来这近乎荒唐的行为，却在日本国内上下得到一片赞赏之声，他也因此被认为是日本武士道精神的典型代表，并被视为日本国的"军神"。

这个时候播放乃木希典这首诗，目的就是要鼓励出征的全体将士，勇敢杀敌，为天皇尽忠！

不可否认，这首诗写得有些凄惨悲凉，加上是不断重复播放，所以很多人都已经听的非常厌烦。在指挥舱里，南云身边的一个高参就非常不耐烦地说："我已经听烦了……"

作为总指挥，南云忠一没有表示什么，他只是举着望远镜向前边观察着，大海茫茫……

在“长门号”的舰长室内，坐着联合舰队的总司令山本五十六。大战在即，这位军事狂人向战马听到冲锋的号角一样格外兴奋。

过了一会儿，他的次长、电台长、参谋等人一起走了进来。

此时，山本五十六正在给东京的退役海军大将及川写信。最后几句，他竟然读出声来：“请照顾我的家人及我的朋友吧。山本五十六。”

次官对山本五十六说：“司令官，您该下命令了。”

山本五十六问：“为什么？”

次官回答：“司令官可以再听听东京的广播放送。”

山本五十六打开收音机，那个波段还在不厌其烦地放送那首诗：“山川草木转荒凉，十里腥风新战场，征马不前人不语，金州城外立斜阳。”

首席参谋谨慎地表示：“司令官，我的意见，既然联合舰队出动了，战争就已经开始了，那首诗写得很好，但听多了会消磨意志，司令官知道，意志对我们有多么重要。”

电台长也表示：“司令官，那首诗我们已经听烦了。”

山本五十六没有回答，他不紧不慢地把信收好，走出舱室。

在甲板上，他任冬天的海风吹拂着自己。

首席参谋等人都默默地站在身后。

过了很久，山本五十六终于转过身来，十分平静地对电台长说：“用海军大将密码，向机动舰队南云忠一中将发出电报。”

众军官齐声回答：“是！”

在“赤诚号”内，南云忠一看着被阳光照耀着的海面。

一旁他的参谋在给他读电文：“帝国兴废，在此一举，望我军将士，不惜流血牺牲，各尽其职，以告大成。联合舰队司令官，山本五十六。”

终于等到出发的命令了，南云忠一果断地大声说："向夏威夷珍珠港前进。"

七

夏威夷永远是那么美丽，阳光、沙滩、蔚蓝的大海、无忧无虑的人们。

然而，却有一些人决定摧毁这美好的一切！

在日本总领事馆内，日本总领事喜多对发报员说："向东京发报，'列克星敦号'和5艘重巡洋舰出港。"

发报员回答："是。"

在美国太平洋舰队中，有一个专门研究日本海军情报的机构——日本海军情报所。

此时，一名美军海军少尉正在侦听，突然，一则商业电台的广告闯入他的耳际："Lost germane police dog，with name Ma—yer chinese rugalmostnew."

这是一则意思有些混乱的广告，少尉自言自语地说："丢了一条德国警犬也值得登广告，再说，在家里怎么能把中国地毯丢失了？真是莫名其妙。"

说完，他又换了个频道。

庞大的日本军舰"赤诚号"正在太平洋上航行。

电台长快速走进指挥舱，向南云忠一汇报道："我们收到檀香山一个民间电台的寻物广播，实际是总领事馆武官对东京的呼号，好像是指珍珠港里少了一艘航空母舰或战列舰。"

他们正说着，另一个报务员又走进来说："东京电报，5 日珍珠港，'内华达号'、'俄克拉荷马号' 舰入港，'列克星敦号' 和 5 艘重巡洋舰出港。故珍珠港内在泊舰只有，主力舰 8 艘，重巡洋舰 2 艘。A 地区有战列舰 '宾夕法尼亚号'、'亚利桑那号'、'加利福尼亚号'、'田纳西号'。报告完毕！"

机动舰队次官问："少了艘航母，怎么办？"

南云忠一不动声色地说："桌子都摆好了，就缺一个菜，你就不赴宴了？"

1941 年 12 月 6 日，日本东京。

新任的外相东乡看了一眼身边的其他人，然后恭敬地说："陛下，现在是 6 日，按海军的要求，跟美国断绝关系的照会现在可以发了。"

天皇裕仁点了点头。

与此同时，在美国这边，国务卿赫尔匆匆走进罗斯福总统的办公室，还没有坐下，就匆匆对罗斯福说："总统先生，海军情报局破译了一份日本外相东乡拍来的电报，'通知野村大使，对于美国于 11 月 26 日拒绝日本要求而做出的答复，将很快发出'，说这份东西共有十四个部分。"

罗斯福静静地听着，没有做任何表示。

赫尔继续说："更为严重的是，日本外相东乡指示野村必须在他们指定的时间，将电报交给美国政府。"

罗斯福缓缓地转动轮椅，对赫尔说："国务卿先生，你怎么看？"

赫尔回答："我认为这份东西是日本对美国宣战的最后照会。"

罗斯福久久地坐着，一动不动。

1941 年 12 月 7 日，这个注定会改变无数人命运、注定会载入史册的日子终于到来了。

在"赤城号"上，南云忠一打开起居舱里的收音机，夏威夷电台正在播放爵士音乐。

过了一会儿，南云忠一走出起居舱。

甲板上，水兵们正在把一面看着已经有些陈旧的军旗往军舰的桅杆上挂。

南云忠一知道，这面军旗颇有来历，他是日俄战争时期和乃木希典并称为“军神”的海军大将东乡平八郎曾用过的军旗。

在那次日俄战争中，东乡平八郎指挥日本海军击败了俄国海军，成为在近代史上首次东方黄种人击败西方白种人的先例，使他赢得了“东方纳尔逊”之誉。

东乡平八郎的成功，决定了日俄战争的战局，这让正处于上升时期的日本民族精神得到了极大的鼓舞，东乡平八郎也因此声威大震，被晋升为日本海军首脑，并获得伯爵封赐。

东乡平八郎的成功，激励着每一个日本军人，尤其是日本海军。这次出征夏威夷，他们特意把东乡平八郎曾经用过的军旗找来，就是希望能够像东乡平八郎那样再为日本海军开创军事辉煌。

军旗已经悬挂上去了，南云忠一望着那面在风中飘扬的军旗，心中想到，自己此举一旦成功，其影响丝毫不会逊于东乡平八郎，因为东乡平八郎面对的对手是稍逊于英、德等国的俄国，而自己这一次挑战的对象则是头号世界强国——美国。

中午时分，在珍珠港的出港口，海面下，早已停泊了几艘先期到达的日本潜水艇。

一个日本水兵向艇长报告：“港口里所有舰艇正常。”

日军海军少佐点了点头。

八

在位于华盛顿的日本大使馆内，一名大使馆值班人员手里拿着一份材料，走到了日本驻美大使野村的办公室。

工作人员对野村说："按照您的要求，我们已经把最后照会核实完毕，现在是 12 点整。"

野村看着并不着急，他看了一下表，震惊地说："要到 13 点时才能用上。"

值班员奇怪地问："为什么要 13 点？"

野村诡秘地一笑，小声说："因为华盛顿的 13 点，就是珍珠港的拂晓。"

值班员更加迷惑了，他懵懵懂懂地问："珍珠港。"

野村知道自己说漏了嘴，他马上改口："是马尼拉的 2 点，是上海的午夜，给我准备好车。"

1941 年 12 月 7 日清晨，一层淡淡的雾把珍珠港掩映得十分美丽。

尽管此前中国情报部门已经截获日军将攻击美国的信息，并提醒了美国；尽管美军也发现过一些微妙的端倪，但是直到大战在即，夏威夷岛上的美军仍毫无战斗准备。

这是为什么呢？

一方面是因为，在实施这次行动之前，日本进行了周密准备，欺骗麻痹了美国。另一方面，凭借美国强大的军事实力，美国政府根本不相信只有弹丸之地的日本敢发起攻击，这个自负的判断是珍珠港悲剧的根源。珍珠港事件后，美国国会曾就此进行了广泛的听证会。

最终的结论是，军队集中精力训练，以至于没有注意到可能发生的袭击；军队指挥官担心弹药流出后会引发不安全事件，故而将防空用的弹药统一保管，没有提前分发到士兵手中；海军由于缺乏设备，在海上没有保持定期的飞机巡逻。

因为提前毫无战争征兆，所以这一天的清晨，珍珠港附近的居民还像以往一样生活。

夏威夷的海滨公路上，三个可爱的少女在跑步。偶尔，她们还会微笑地看着蔚蓝的天空……

就在这时，从6艘日军航母上起飞的183架飞机，穿云破雾，向珍珠港俯冲过来，宁静的还在沉睡中的海湾被巨大的爆炸声惊醒。

7时53分，执行轰炸任务的飞机发回了“虎！虎！虎！”的信号，表示奇袭取得成功。

此后，担任第二轮攻击波的168架飞机再次发动攻击，仓促应战的美军损失惨重。

夏威夷的海滨公路上，刚才还在跑步的那三位少女，被气浪推向天空，她们在空中翻滚……

爆炸声突然传来，停在机场上的美军飞机被炸毁。

停在港口里的美军军舰，被炸燃。

毫无思想准备的美军士兵，惊恐地睁大双眼。

不明情况的夏威夷市民，惊慌失措……

在美国白宫的一间椭圆形办公室，罗斯福总统正在以他特有的方式休息——看集邮。

突然，电话铃声响了，罗斯福接起电话。白宫女接线员告诉他，是美国海军部长弗兰克·诺克斯打来的紧急电话。没等罗斯福同意，电话已接进来了。

“他们袭击了我们。”诺克斯气急败坏地大声说。

“糟糕！”罗斯福只说了一句。

诺克斯说：“这不是演习。”

罗斯福问：“是否能确认此事？”

诺克斯说：“现在绝对无法证实。但所有迹象都表明，那是真的。”

罗斯福相信这是真的：“只有日本人才干得出这种事，这是一起偷袭。”

电话放下，罗斯福一时手足无措。

这时，从26岁时父亲罗斯福当选总统后就一直跟在父亲身边充当秘书和助手的詹姆斯走了进来。他第一眼看到父亲，几乎不敢相信，他的父亲几乎

僵硬了，时间定格了一秒，他向前走了一步。

詹姆斯问："我可以做点什么？"

罗斯福仿佛一下子老了很多，一贯倔强的他今天却看着儿子说："别走，我可能会需要你。"

詹姆斯感到有些悲壮，他知道父亲一贯都很坚强，二十多年前他因患上脊髓灰质炎症而瘫痪时，他都没有被疾病击倒，而是积极接受治疗，最终可以靠轮椅活动了。坐在轮椅上的父亲依然很坚强，他竞选州长，并获得连任；接着又竞选总统，实施"新政"，带领美国从1929年的那次经济危机中走了出来，此后他不断蝉联美国总统。

现在，这位坚强的父亲竟然说出这样的话，足见他内心受到的打击是多么大！

坐在轮椅上的罗斯福总统接通了海军总指挥官斯塔克上将的电话："我不知道我的电话是否安全，所以不能告诉你全部信息。我认为我们的一艘航空母舰上有50架飞机遭受重大损伤，人员伤亡严重。"

罗斯福低下头，默默不语……

九

日本东京的官邸会议室内，一些军官在喝酒，唱歌，跳舞，他们在庆祝珍珠港所取得的巨大胜利。

日本偷袭珍珠港取得了巨大的成功，据统计，在这次偷袭中，美军中的

8 艘战列舰，有 4 艘被击沉，1 艘搁浅，其他都受到重创；6 艘巡洋舰和 3 艘驱逐舰均被击伤；188 架飞机被摧毁，155 架飞机被破坏，地面上几乎所有飞机都被摧毁，只有极少数飞机得以起飞还击；2403 名美国人丧亡，其中仅亚利桑那号战列舰爆炸时就有上千人死亡……

就其战略目的而言，对珍珠港的袭击从短期和中期的角度来看是一次辉煌的胜利，它的结果远远超过了它的计划者最远的设想，在整个战争史上，这样的成果也是很罕见的。

在此后的六个月中，美国海军在太平洋战场上无足轻重。没有美国太平洋舰队的威胁，日本对其他列强在东南亚的力量可以彻底忽略，此后它占领了整个东南亚、太平洋西南部，它的势力一直扩张到印度洋。

然而，从长期的角度来看，偷袭珍珠港对日本来说是一个彻底的灾难。因为它将一个本来意见不统一的国家迅速动员了起来。被激怒的美国从此团结起来，积极投身了这场大战，从而决定了日本战败的命运！

第四章

反法西斯同盟成立

在一次高级幕僚会议上，蒋介石感慨地说：“向日本宣战，在这个世界上，连一分钟都不能等待的就是中国，因为从 1931 年算，我们打了十年；从 1937 年算，我们也打了四年，中国一直在战斗。”

一

自从美国驱逐走英国殖民者，正式建立独立国家以来，因为独特的地理位置关系，尽管世界范围内发生了很多战争，但美国本土依然没有遭到大规模攻击。

这一次，日本悍然偷袭珍珠港，一天之内给美国造成如此大的伤亡，美国一下子震怒了！

在最短的时间内，美国白宫内召开了一次紧急会议，参加会议的有总统罗斯福、国务卿赫尔、陆军部部长史汀生、海军部部长诺克斯、马歇尔将军及其他美国军政要员。

会议的气氛有些凄惨、凝重。

坐在轮椅上的罗斯福明显苍老了很多，他小声说了一句："我们怎么办？"

海军部部长诺克斯回答："太平洋舰队已经被毁，'亚利桑那'已经覆灭，'加利福尼亚'在下沉，'俄克拉荷马'被倾覆，几百人困在里面。"

乔治·马歇尔将军说："告诉菲律宾的麦克阿瑟，日本袭击了珍珠港，让他们处于警戒状态，一定要确保同一天内不会发生两起珍珠港事件。"

英国伦敦晚上 9 时，吃过晚饭，丘吉尔像往常一样，把收音机搬到桌子上，准时打开收音机，收听 BBC 的新闻广播。

当听到日本偷袭珍珠港的消息之后，这个有些肥胖的 69 岁老人竟然一下子从椅子上跳了起来，他快速地跑上楼，口中大喊："我马上宣战。"

看到父亲如此疯狂，女儿玛丽提醒道："首相先生，你不能基于广播新闻而宣战，你需要了解更多情况。"

丘吉尔没有理会女儿，而是抓起桌子上的电话。电话接通了，他没有任何寒暄，而是开门见山地问了一句："是真的吗？"

在美国白宫的那间椭圆形办公室里，坐在轮椅上的罗斯福也拿起电话，略带悲伤地回答："是真的，现在我们在同一艘船上了。"

电话里传来丘吉尔那有些振奋的声音："我要宣战。"

罗斯福却没有振奋起来，他平静地回答："等一下吧。"

说完，就挂上电话。

平静了一下情绪，罗斯福对身边的小儿子詹姆斯说："我请求国会准备参战。"

詹姆斯大声说："我第一个报名参战。"

罗斯福说："不，你不是第一个，我第一，还有你的三个哥哥，你第五。"他微笑着看着儿子。

詹姆斯点头。

罗斯福说："去把我的秘书叫来，我要起草一份发言稿。"

詹姆斯走出了书房。

就在罗斯福和美国人民异常伤痛的时候，作为盟友的英国却笑了。因为一直在美洲大陆坐山观虎斗的美国，终于被拖进了战争。

故而，在珍珠港遭受偷袭后的那个晚上，睡得最香的人不是别人，正是英国首相丘吉尔。美国从此将完全作为同盟者并肩作战，为此，他说了一句“我们总算赢了”，而后安然入睡。

日本偷袭珍珠港的“喜讯”，很快传到了同为“轴心国”的纳粹德国。因为美国迟迟没有参战，纳粹德国一直有所顾忌。这次日本竟然能够这么轻松地偷袭成功，重创美国海军，这大大打消了一直以来德国对美国的担心。所以，现在的纳粹德国高层是一片欢呼。

夜幕降临后，在纳粹德国的一座豪华餐厅里，纳粹“元首”希特勒和他的纳粹将领们开始欢庆这一伟大时刻。

希特勒举起装满香槟的杯子，兴奋地对大家说：“这场战争已经赢了，从前我们高估了美国的军事能力，并且，日本在过去的一千年里，没有输过一场战争，所以，我们现在更不可能会输。在世界范围内，胜负已成定局。”

二

在“珍珠港事件”中遇难的美国大兵的遗体被运送回到本土，国旗和棺木并非只有一个，放眼望去，是一面又一面。每一面国旗下面都有一具棺木。

众多的覆盖着国旗的棺木摆成一大片，只有三个最醒目，上边放着三朵鲜花。棺木的一头，印有那三个美国少女的头像。

在美国白宫的那间椭圆形办公室里，秘书格蕾丝·图利坐在一边准备记录。

罗斯福放下烟，沉痛地说：“记，昨天，1941 年 12 月 7 日，一个必须永远记住的耻辱的日子……”

1941 年 12 月 8 日 11 时，美国白宫的一间宽敞的房间内，男仆亚瑟·普雷蒂曼开始为罗斯福穿衣服。

他抱起罗斯福，并让他平躺在床上，给他的双腿穿上支架，给他穿上鞋，给他系鞋子……一切做得都是那么平静，但每个人的内心都很激动。

一切都结束之后，罗斯福对儿子说：“詹姆斯，你要一直站在我身边，无论如何不能让我倒下。”

詹姆斯心里有些难过，他知道一贯坚强的父亲这次又要做出一些不同寻常的事情了。作为儿子，他为父亲在身体不便时依然坚持做这些而心痛，更为父亲的坚强而自豪，所以连忙回答：“是，我的父亲。”

华盛顿的国会大厅里，早已经坐满了人，但却静极了。

突然，大厅里响起了僵硬的腿走路的声音，这是总统的脚步声。

自从患病以后，罗斯福几乎是不能用腿走路的，但这个时候，他忍着巨大的痛苦，艰难地在国会大厅里走路，就是要告诉美国人民：这个世界上唯一值得恐惧的就是恐惧本身。在日本偷袭珍珠港成功后，美国人民不要畏惧困难，世界上没有什么事情是不可能的。

坐在大厅里的每一个人都紧盯着罗斯福那坚毅的脸庞，而年轻健康的詹姆斯则从容地陪在父亲的身边。

罗斯福终于走上了讲台，开始讲话，大厅里所有的人在听着。

一张张期待的面孔……

罗斯福的声音渐渐大了：“……毋庸讳言，我国人民、我国领土和我国利益都处于严重危险之中。信赖我们的武装部队，依靠我们人民的坚定决心，我们将取得必然的胜利。上帝助我！我要求国会宣布：从1941年12月7日星期日日本发动无端和卑怯的进攻时起，美利坚合众国与日本帝国已处于战争状态。”

听了罗斯福的话，国会议员们一起站起来。

站起，愤怒地站起，一种高贵的愤怒……

罗斯福总统的演说只有6分30秒。一个小时后，国会投票决定参战，参议院是82：0，众议院只有一名持异议者，80：1，那个异议者是珍妮特·兰金，第一次世界大战时，她也投了异议票。

三

1941年12月8日11时40分，日本对英、美宣战。一个小时后，英、美向日本宣战。

相继，加拿大、南非联邦、荷兰、卢森堡、哥斯达黎加、多米尼加、萨尔瓦多、海地、洪都拉斯、危地马拉、巴拿马、澳大利亚、新西兰、古巴、尼加拉瓜、波兰、自由法国、比利时先后对日宣战。

希腊、埃及、墨西哥、哥伦比亚、挪威宣布同日本断交。

1941年12月8日，华盛顿时间下午4点，伦敦时间晚上9点，中国时间12月9日凌晨4点……各地的时钟同时敲响。

全世界的时间虽然不同，但全世界同时在关注着这一历史性的事件。

美国华盛顿，罗斯福总统在听广播；英国伦敦，丘吉尔首相在收音机旁，他的雪茄烟没有点燃；日本东京，裕仁天皇把脑袋紧挨着收音机；中国重庆，蒋介石在地上踱步，耳朵却在听收音机；中国延安，毛泽东在延河边驻足，河水奔流，浩浩荡荡。

1941 年 12 月 8 日凌晨，日军主力在炮兵、空军、海军的配合下，向香港发起了猛烈进攻。

空军首先轰炸了香港启德机场和停泊在香港海面的英军舰船，摧毁了香港英军薄弱的空军力量。

日军步兵随即向九龙要塞发起攻击。英军瓦利斯准将指挥的大陆旅疏于防范，九龙要塞被日军轻易攻占，英军被迫转守香港岛。

香港即将沦陷，位于香港干德道的宋庆龄住所内，宋庆龄正在一堆行李中间神态自若地打电话。

宋庆龄现在之所以在香港，是因为在全面抗战爆发的第二年，即 1938 年，她在香港创建了“保卫中国同盟”，致力于战时的医疗救济和儿童保健工作。

在此期间，她通过各种方法和渠道，向海外华侨和国际社会宣传中国抗战的真实情况，并向海外华侨和国际友人募集了大量的资金，以及在抗战时期异常珍贵的药品、医疗器械和其他物资，以支援国内的抗战。尤其值得一提的是，她募集到的许多物资经过她的精心安排，有相当多一部分被运往了我敌后抗日根据地。

她还团结和组织国际友人和国际医疗队，到我党领导的敌后抗日根据地考察和工作，斯诺、史沫特莱、白求恩、马海德等人，就是在她的安排下辗转抵达我敌后抗日根据地的。其中，白求恩、哈立逊等人还为中国的革命事业，献出了宝贵的生命。

然而，就在日本偷袭珍珠港的第二天，日军主力在炮兵、空军和海军的配合下，向香港发起了猛烈的进攻。

香港已经无法居住，宋庆龄和“保卫中国同盟”被迫要离开香港。

离开的时候到了，一架架日本军机从宋庆龄住所的窗前飞过，在不远处投下炸弹。但宋庆龄依然不愿放弃自己的工作，她想利用最后一点时间，为祖国的抗战事业多争取一份援助。

一旁的女秘书焦急地催促："夫人，该走了。"

宋庆龄仍然在讲着："……自慕尼黑会议以来的灾难岁月里，一直不清楚的事，现在十分清楚了。一边是法西斯侵略者，一边是已经团结起来的力量，在远东前线，中国单独抵御着侵略者的军队。在那些岁月中，苏联是中国反抗日本进攻的最好支持者，中国能够坚守远东前线，但要有效地做到这一点，中国应当得到其他国家的支持……中国一定会取得胜利。"

一旁的女秘书大声说："夫人，中共的人一直在外边等你。他们接到了周恩来的指示。"

宋庆龄用手捂着电话，看着秘书："我说最后一句话。"

接着，她又转过身去，继续说："这篇文章的题目就叫《中国坚守东方战线》。"

说完之后，她放下电话，把已经关上了的窗子推开，刚好有一架日机从她窗前呼啸而过。飞机带过来的大风，吹乱了她的头发，但她的脸上毫无惧色。

四

冬天的莫斯科异常寒冷，皑皑的白雪像一条巨大无比的毯子，把整个城市覆盖了起来。

在克里姆林宫外，身着厚厚棉大衣的哨兵，鼻子已经冻得通红，呼吸哈出的白气凝结在帽子和发梢上，瞬间就变成了白霜。但他们一动不动地站在那里，时刻保卫着苏联的神经中枢——克里姆林宫的安全。

克里姆林宫内，目光炯炯的斯大林正在发表讲话，他说："我只有一句：全世界的法西斯，要由全世界来反对。但是，我们正在同一个法西斯战斗。"

显然，斯大林所说的正在同"一个法西斯"战斗，指的是德国。苏联能够避免两线作战，专心对付德国，离不开中国在抗日战争中付出的巨大牺牲和作出的巨大贡献。

对于这一点，斯大林内心非常清楚，所以他向全世界发出承诺："等我们消灭德国法西斯后，我一定来对付东方的这个疯子！"

谁都知道，"东方的这个疯子"指的就是日本。

冬日的重庆，万木萧条，日军接连不断的空袭更令这座城市满目疮痍。

然而，这几天生活在苦难中的重庆人民，却露出了久违的笑容。因为刚刚得知，美国等国已经参战，世界反法西斯同盟正在形成，中国的抗战有希望了。

春江水暖鸭先知。对时局的变化，感触最深的当然是指挥中国抗战的最高统帅蒋介石。

在一次高级幕僚会议上，蒋介石感慨地说："向日本宣战，在这个世界上，连一分钟都不能等待的就是中国，因为从1931年算，我们打了十年；从1937年算，我们也打了四年，中国一直在战斗。"

"中国一直在战斗"，这看似平淡的一句话，其中包含了多少辛酸，多少牺牲，多少艰难，多少流血和多少死亡！

在重庆的中央广播电台国际台里，江户英子在用日语广播："中国向德国宣战，向日本宣战，向意大利宣战……"

说出这些话的时候，江户英子心情十分复杂，因为参战的双方一方是她的祖国，而另一方则是她丈夫和孩子的祖国，也是她此刻生活和工作的地方。

在中央广播电台国际台的另一个房间里，日籍播音员山下美子用中文在广播同样的消息……

第五章

联合行动的威力

邮政总局局长进一步介绍道："这是你们的孙中山先生，这是他的名言——民族、民生、民权；这是我们的总统林肯，这是他的名言——民有、民治、民享。"

宋子文高兴地说："太好了！这里还有 1937 年到 1942 年'抗战建国'四个汉字，设计得太好了！"

一

樱花飞舞，东京沉浸在风和日丽的春光里，这里的人们和亚洲其他国家的人民不同，他们的脸上可以看到几近疯狂的幸福，这也是人们常说的战胜者的表情。

此时，日本最高兴的人当数东条英机。平日里，他经常在自己官邸的院子里，与前来与他谈工作的日军政要们散步。

值得一提的是，此时的东条英机已经不仅仅是陆相，还是首相。因为在不久前，日本政局发生了一场不小的地震。

原来在苏德战争爆发后，与美国谈判没有取得成功的日本，决定发动太平洋战争。

在一次“御前会议”上，在东条英机的鼓动下，最终商讨并确定了《适应形势变化的帝国国策纲要》，准备“南进”，不惜与英、美强国开战。

东条英机强硬地提出，在中国驻军是有关日本陆军生死攸关的问题，决不可妥协。如果完全屈从于美国的主张，中国战场的成果将毁于一旦，满洲也将难保，朝鲜的统治地位也将陷入危机。

然而，同样是军国主义分子的近卫首相，却还保持着适度的理性，他没有勇气直接和美国冲突。于是，他要求东条英机对重大决策应该“谨慎”行事。

“短于思考”的东条英机当然不会“谨慎”行事，反而对近卫首相步步紧逼，最后近卫这个贵族出身的首相退缩了，并于 1941 年 10 月 16 日宣布内阁总辞职。

近卫内阁辞职的第二天，重臣会议提名的东条内阁获得通过。当时舆论对东条组阁能够组阁成功的评价是：选择他不是因为他有多高的威望，也不是因为他是个强硬的侵略主义者，而是因为他对军事纪律具有献身精神。日本天皇和高层精英认为，东条忠于皇室，能够在危难时刻控制住鲁莽的日本军队。

所以，东条能够成为首相，并不是因为他有多么杰出的才华，而是因为他更容易成为天皇发动侵略的工具，成为一台发动战争的机器。

1941年11月17日，日本天皇召见了东条英机，将其晋升为大将，并诰命他以现役军官的身份担任日本首相，组织内阁，并兼任陆相。

第二天，东条内阁正式成立，这是一个发动战争的“集权内阁”，东条英机不仅是首相，还兼任了陆相、内相，以后又兼任了文部相、商工相、军需相等职，集各种大权于一身。

东条内阁成立后不久，日本偷袭珍珠港就取得了巨大的成功，同时日本在其他地方的军事行动也进展顺利，身为首相他自然是春风得意。

又是一个阳光明媚的日子，军令部长永野来到了东条英机的官邸。两个人像往常一样，在官邸的院子里边走边聊。

散步时的永野，脚步显得坚实，表情也十分放松，有一种大功告成的良好感觉。而平时一贯严肃的东条英机，今天嘴角边也挂上了笑意。

东条英机说：“陆军方面在东南亚取得了很好的进展，比我们估计的还要好，我们所需的物资，特别是美国人封锁的物资，已经开始从东南亚得到，我想我们到了一边解决支那问题，一边建设大东亚共荣圈的时期了。”

永野附和道：“听说了，听说你将要宣布，准备放弃再招募青年入伍了。”

东条英机简短地回答：“这当然是一种乐观的想法。”

永野提醒说：“但是，你这种长期作战的思想，海军是反对的，山本就是第一个。他认为，珍珠港只是 个成功，因为我们还没能够消灭美国的航空母舰。应当集中我们‘赤诚’‘加贺’‘苍龙’‘飞龙’等精锐的航母，集中打击美国的‘萨拉托拉号’‘莱克星顿号’‘企业号’‘约克诚号’‘大黄蜂号’。因此，山本五十六想占领太平洋的中途岛，以确保日本本土的安全。”

东条英机露出几分嘲谑地说：“难得，一个海军大将竟然都把陆军的事情想到了。”

永野说:“海军已经把作战计划发来了，并催促了好几次。”

突然，沐浴在春光里的东京响起了防空警报声。

起初，人们并没有把警报当回事，他们以为这只不过是演戏而已。直到警报第二次响起的时候，人们才穿上防空服，尽管如此，大家还是以为是东京在搞军事演习。

正在谈话的东条英机和永野也一直没有动。

很快，一架从千叶方向飞来的美国飞机进入东条、永野二人的视野。

接着，又有十三架轰炸机从他们头上掠过。远处传来了爆炸声，“轰”“轰”“轰”……

美军飞机竟然飞到日本本土进行轰炸，这是比较少见的，因为美军距离日本本土太远，当时的军事技术，美军飞机显然不能从美国本土起飞，在完成轰炸任务后再飞回本土。

所以，永野忍不住问:“这是从哪儿起飞的，从‘大黄蜂’上?”

永野的判断没有错。“大黄蜂”是美国的一艘航空母舰，1939 年刚刚开始招标建造。“二战”爆发后，加快了建造进度，直到 1940 年 12 月 14 日才第一次下水，到了 1941 年 10 月 20 日才正式服役，成为美国强大的航母战斗群中的一艘。

但东条英机并不关心飞机何处起飞，他认为这其实并不重要，重要的是它们执行完轰炸任务后，燃料几乎已经燃尽，又不能飞回美国时，它们将在哪里着陆。

听完东条英机的话之后，永野回答:“那还用说吗，到现在还在和我们对抗的就是中国，这些 B-25 还能往哪飞呢?”

其实，不用永野回答，东条英机也知道问题的答案——中国，那些美军飞机执行完任务后将在中国着陆!

二

夜幕下的美国白宫非常壮观，白宫中的大部分房间都笼罩在黑暗中，但罗斯福总统的那个椭圆形办公室内依然灯火通明。自珍珠港事件之后，这几乎已经已经成为习惯了。

灯光下，一位将军在向罗斯福总统汇报工作："他们没办法飞回'大黄蜂'，最近的点在中国……"

罗斯福果断地说："那么就请中国帮助我们……"

美方的要求很快传递到了中国，并很快得到了蒋介石的同意。

也许在很多人看来，承诺让美军轰炸机到中国着陆以及帮助美国救援美军飞行员，这是一件很简单的事。

不错，如果在和平年代，确实是这样的。但在战争年代，尤其是在中国东部沿海很多地方已经被日军占领的情况下，再实施救援任务，就困难得多了。

所以，中方的这次看似简单的承诺，实际上是要付出不小的牺牲的。

很快，蒋介石的命令传达给了军事委员作战室，军政部部长何应钦对着电话说："委座命令，玉山、丽水、衢州、桂林、衡阳马上做好准备，迎接盟军 B-25 进场，命令各战区，做好接应逃生飞行员的营救工作，不得有失。"

一个军官大声回答："是。"

救援行动开始了，在日军的紧密布防中，中方人员，尤其是在华东敌后一带活动的新四军，利用熟悉地形等优势，不断与日军及伪军周旋。在此过程中，有 4 名英勇的新四军战士壮烈牺牲。

据事后统计，在这轮营救行动中，中方成功营救出了 62 名美军飞行员。

中国的救援行动大大激怒了日本侵略者，为了报复中国，日本大本营命令发动“浙赣战役”。此役，日军炸毁我沿海所有机场，我国死伤军民 25 万，经济损失无法计算。

深夜，中国军民救援美国飞行员的资料送到了罗斯福手里。看到多名美军飞行员被救出，罗斯福非常高兴；看到中国为此付出的惨重代价，罗斯福非常心痛。

他一个人在椭圆办公室里沉默了很久，才对身边的美军参谋长说：“感谢中国……”

一句“感谢”当然还不足以表达罗斯福的内心。通过这件事，他深深地感到，中国军民坚定地站在世界反法西斯阵营的一方，他们为救援美军飞行员所作出的努力和牺牲，成为世界反法西斯战争的一部分，并永载史册！

三

深夜，重庆军政部内灯火通明，由部长何应钦主持的作战会议正在召开，各方将领正在激烈地讨论着什么。

就在这时，一个年轻的工作人员走到何应钦身边，在他耳边小声说了些什么。

何应钦听完之后，立即站了起来，走出会议室，来到会客室。早已经到了这里的吴庆铭，闻声赶紧从沙发上站了起来。

已是深夜，军事技术研究所的主任登门，不用想，一定是又有了新的重要情报。所以，一看到吴庆铭，何应钦就微笑着说："吴主任一来就是大事。"

吴庆铭激动地回答："我们截获了一份电报，电报显示，日本将进攻美国在太平洋上的一座岛屿——中途岛。"

何应钦怔了一下，谨慎地说："好，请示一下委员长后，通知美国，不管他们怎样对待我们的情报，但是，事实证明，中国政府对他们的支持是真诚的。"

夏日的微风吹过日本海域，在日本的"长门号"旗舰上，58 岁的山本五十六迎风而立。和上次即将实施偷袭珍珠港行动前一样，山本五十六异常亢奋，因为又一场大战——"中途岛海战"即将拉开帷幕。

日本为何急于发动这场海战呢？这和中途岛的战略位置以及当时的国际局势有关。

中途岛的地理位置特别特殊，它距离美国旧金山和日本横滨的距离都是 2800 海里，处于亚洲和北美洲之间的太平洋航线的中途，故名中途岛。此外，它距离珍珠港 1135 海里，是美国在太平洋地区的重要军事基地和交通枢纽，也是美军在夏威夷的门户和前沿阵地。中途岛一旦失守，美军太平洋舰队的大本营珍珠港也将唇亡齿寒。

从当时的国际形势来看，美国空军对日本东京的空袭，令日本各界咬牙切齿，军方希望通过攻击中途岛，报这一箭之仇。

更重要的原因是，即使被军国主义冲昏了头脑的日本高层，也能够认识到美国工业强大的制造能力。一旦美国巨大的工业生产能力纳入战争轨道，日本将再无取胜的可能。

而且上次偷袭珍珠港，日美已经结下梁子，日美之间必有一战。对此，早在日本偷袭珍珠港成功后，山本五十六就曾清醒地指出："我们只是唤醒了一个巨人，必须要在巨人尚未起身之前，完成袭击珍珠港未尽之事业，彻底击毁美军太平洋舰队。"

为此，日本决定先下手为强，将美国太平洋舰队的残余舰队全部吸引到中途岛上，一举全部击毁，让美国短期内没有能力在太平洋上对日本进行反击，从而为日本征服亚洲的宏大策略赢得宝贵的时间。

美国舰队的实力难道真得弱到会被日本一举摧毁的程度吗？当然不是。美国的海军重点布防，既包括西岸的太平洋上，针对的是日本；又包括东岸的大西洋上，针对的是德国。所以，日本发动中途岛海战还可能会达到一个目的，那就是当美国感到太平洋战局吃紧的时候，他们可能会把急需运往欧洲前线的军事配备，转运到美国西岸，从而造成欧洲战场上的军需短缺，甚

至造成欧洲战区失守，让纳粹德国获得胜利。

因为有如此多的原因，日本不惜一切代价，发动中途岛海战也就是理所当然的了。

和上次偷袭不同，这次海战的目的是一举全歼美国西海岸的美军舰队，所以这次是一场硬碰硬的战役，为此，日本海军几乎是倾巢而出，舰队规模超前，成为“二战”中日本海军发动的最大的一场战略进攻。

四

即将上演的“中途岛海战”，无论从战略意义上来看，还是从战争规模上来看，它注定都将是一场海上豪赌。

作为这次战役的指挥官，山本五十六像嗜血的鲨鱼一样，早在战争筹划阶段，就已经兴奋得不能自已了。

经过漫长而紧张的筹划和等待之后，现在，战争即将开始，他更是兴奋得忍不住战栗。

但多年军人生涯养成的心理素养，又让他的情绪很快稳定了下来。1942年初夏的一天，他站在“长门号”旗舰上，正式吹响了“中途岛海战”的号角：宣读《大本营海军部第十八号命令》。

顿时，一百多艘大小战舰向太平洋深处急驶而去。

在美国白宫罗斯福总统的那间椭圆形办公室里，美国国家邮政总局局长正在陪罗斯福欣赏一版邮票。

就在这时，房门开了，美国陆军部长史汀生带着中国外长宋子文走了进来。

罗斯福热情地招呼着：“亲爱的宋，欢迎你的到来。”

宋子文微笑着回答：“十分感谢总统先生，能在你的办公室接见我。”

罗斯福真诚地说：“我们是老朋友，就不站起来欢迎你了。老实告诉你，有时我觉得，我站一次比打一次胜仗还困难，希望你理解。”

宋子文说：“我理解，总统先生。”

罗斯福说：“请你来，是为了感谢中国人民对美国的帮助，我要送你份礼物，当然了，这是一件特殊的东西。下面就请美国国家邮政总局局长先生，把这个东西拿给你。”

邮政总局局长把一版邮票递到宋子文面前，郑重地介绍道：“去年总统先生把我叫来，要我们在中国抗战五周年的时候发行一版邮票，现在我们把这版邮票赠予宋外长。”

看到眼前的邮票，宋子文一下子惊呆了。

邮政总局局长进一步介绍道：“这是你们的孙中山先生，这是他的名言——民族、民生、民权；这是我们的总统林肯，这是他的名言——民有、民治、民享。”

宋子文高兴地说：“太好了！这里还有1937年到1942年‘抗战建国’四个汉字，设计得太好了！”

史汀生神秘地问：“宋外长知道这是谁设计的吗？”

宋子文迷惑地回答：“不知道。”

史汀生指了一下罗斯福说：“第32任美国总统。”

宋子文感到十分意外，他真诚地对罗斯福说：“谢谢你，总统先生。”

罗斯福说：“中国浴血奋战五年，作为国际盟友，我们要感谢你们，全世界的反法西斯战士都要感谢你们。”

宋子文十分激动……

罗斯福继续说：“当然，我还有一个问题要问宋外长，日军侵华之初，国民政府表现并不积极，张学良几十万人却被日本的两万人赶出东北，为什么后来中国却坚持了五年抗战，而且越挫越勇？”

宋子文回答：“这个问题，一开始我也没搞明白，有一次我的二姐宋庆龄跟我说，是中共毛泽东的统一战线。统一战线把各种抗战力量凝聚了起来，毛泽东倡导了这个战线。”

罗斯福点头，想了一会儿，自语：“统一战线，我们现在也是统一战线……”

五

就在罗斯福会见宋子文的时候，中途岛海战也即将进入尾声。

这是一次航母战斗群对航母群战斗群的硬仗，战争从 6 月 4 日开始。和上次的偷袭珍珠港不同，日军这次失误很多：过高估计己方航空母舰的战斗力，同时在两个战役方向作战，兵力分散；情况判断错误，认为美国航空母舰来不及向战区集结；通信技术落后，缺乏周密的海上侦察，直至关键时刻也未查明美航空母舰的位置；战场指挥不当，决策多变。

反观美军，这次他们提前通过技术手段，掌握日军进攻企图，及时集结兵力待机；在鱼雷机大部分损失的情况下，轰炸机连续俯冲轰炸，导致日军鱼雷机连机带雷爆炸，航空母舰被彻底摧毁。

因为日美双方存在如此大的优劣对比，所以战争的结果是显而易见的。

战争到6月7日结束，几天的时间内，美军只损失一艘航空母舰、1艘驱逐舰和147架飞机，阵亡307人；而日本却损失了4艘大型航空母舰、1艘巡洋舰、332架飞机，还有几百名经验丰富的飞行员和3700名舰员。

通过这场战争，美国海军不仅成功地击退了日本海军对中途环礁的攻击，还改变了太平洋地区日美航空母舰实力对比，战后日军仅剩大型航空母舰2艘、轻型航空母舰4艘。从此，日本在太平洋战场开始丧失战略主动权，战局出现有利于盟军的转折，故此，后人认为中途岛是太平洋战争的转折点。

胜利的捷报很快传递到了白宫，就在罗斯福接见宋子文时，清脆的电话铃声响了起来。

罗斯福对宋子文做了个抱歉的手势，接起电话，他听了一会儿又把电话放下。

“向大家报告一个好消息，据太平洋司令部报告，日本航母‘赤诚号’起火，‘大和号’旗舰撤出战斗，“中途岛战役”结束。这让我想起，这次战役也是中国向我们提供的情报。所以这也是国际统一战线的成果……”

房间里的几个人一起站起来鼓掌，既为中途岛战役的胜利，也为罗斯福提到的“统一战线”。

第六章

山本葬身大海

山本五十六的死，自然在各方引起了很大的反响。兴奋不已的美国政府在庆祝之余，却没有公开报道这件事的详细情况。美国的新闻媒体只是被告知，所罗门当地人的海岸观察站目击到山本登机。美国这样做的目的，是防止日军得知自己的密码已经泄露。

一

位于重庆长江南岸的黄角垭景色秀丽，搬迁之后的国民政府军事技术研究所就设在这里。

午后，懒洋洋的阳光透过窗户，照进吴庆铭的办公室里，激起了吴庆铭的困意。

突然，办公室的电话响起，吴庆铭接起电话：“哪位？”

电话里传来一个冷冰冰的声音：“我是戴笠。”

听到是戴笠，包括吴庆铭在内的很多国民政府里的军政要人都有点头疼，这个黄埔六期骑兵科的肄业生，本来仕途非常不利。后来，在蒋介石下野时，戴笠主动投诚，并主动请缨去做特务工作。

见到戴笠特别忠心，做特务工作又十分卖力，蒋介石才对戴笠另眼相看，并任命其为国民政府军事委员调查统计局副局长（简称“军统”），名义上虽然副职，实际上戴笠是该局的真正领导者。

得到蒋介石的信任之后，戴笠更加卖力，他利用手中的“军统”既打击了日本侵略者及伪军，也杀死、迫害了很多党内异己分子、中共地下党和民主人士。

在国民党军队中，只要戴笠提出某某人有“亲共”嫌疑，这个人就会麻烦不断，轻则仕途堪忧，重则小命不保。

所以，一听到对方是戴笠，吴庆铭顿时困意全无，他谨慎地问：“戴局长，有事吗？”

戴笠依然冷冰冰地说：“黄怡青，我们发现她和曾家岩的人有接触。”

吴庆铭知道，曾家岩是个什么地方，1938 年中共代表团由武汉迁到重庆，为了方便工作，周恩来便以个人名义租下了曾家岩 50 号的一处房子，作为个人起居和办公地点。

这栋房子周围环境复杂，右侧为戴笠的公馆，左侧为国民政府警察局的一个派出所。当时，周恩来就是在如此险恶的环境下开展革命工作，这里也因此成为外界了解和接触中共的重要场所。

戴笠说黄怡青和曾家岩的人有接触，实际上也就说黄怡青有“亲共”嫌疑，或者就是一名中共地下党员。

如果真的如戴笠所说，那么黄怡青就会有大麻烦。

本来在 1937 年国共两党是达成了抗日统一战线，并决定共同抗日的，但到了 1939 年以后，抗日战争进入相持阶段，日本侵略者停止了正面战场的战略性进攻，并对把国民政府以军事进攻为主，政治诱降为辅，转变为以政治诱降为主，以军事打击为辅。

在这种情况下，以国民党五届五中全会的召开为标志，国民政府政策的重点由对外抗日转变为对内反攻。1939 年他们发动了第一次反共高潮；1940 年他们发动了第二次反共高潮，又在次年悍然制造了震惊中外的皖南事变。在社会各界的压力下，国民政府虽然被迫承若不在“剿共”，但在暗中对共产党的打击一直都没有停止。

吴庆铭对国共两党的这种微妙关系自然非常熟悉，他知道一旦黄怡青被证明“亲共”，或者是共产党，那么不仅黄怡青要有麻烦，作为黄怡青的上司，自己也难逃干系。

所以，他要在戴笠面前据理力争：“和曾家岩的人接触怎么了，前几天我还和延安来的人接触过。”

戴笠在电话里又举出了新的证据："去西安出差，她绕道去了延安的事情并没交代清楚。"

吴庆铭反问："不是没查出问题吗？"

戴笠果断地说："那不等于没问题，还是注意一点好，要不然大家都不好过……"

电话挂了。

二

在吴庆铭的办公室里，吴庆铭正坐在桌前看文件，突然，急促的然敲门声响起。

"进来。"吴庆铭的声音很大。

石剑峰走了进来，他把一份电文放到了吴庆铭的桌子上。

吴庆铭读出声："日本大本营电令中国派遣军十七师团，于 1943 年 1 月对新四军盐阜根据地进行扫荡。"

吴庆铭心中一动，他抬头看着石剑峰说："没有第二个人知道？"

石剑峰肯定地回答："不可能。"

吴庆铭平静地说："你去吧。"

石剑峰走了出去。

吴庆铭抓起电话说了一句："你到我这儿来一下。"

身着军装的黄怡青向吴庆铭的办公室走来，敲门。

“请进。”

黄怡青进来之后，吴庆铭把一份用火漆封好的信封举在手中，对黄怡青说：“有一份关于共产党新四军的急件，请你送给戴笠局长。”

突然听到“新四军”三个字，黄怡青心中一动，但她在动作上没有丝毫迟疑，从口袋里拿出手套，戴上，然后接过文件。

狡猾的吴庆铭盯着这个女人走出他的办公室。

吴庆铭的这一招十分阴险，他要借这件事考验一下黄怡青：只要黄怡青敢动这份文件，在交文件给戴笠的时候，就可能被戴笠发现；如果没动，则可以用事实向戴笠说明自己的手下黄怡青是清白的，以后不要再来军事技术研究所纠缠不清。

尽管是临时首都，尽管这里高官云集，尽管这里集中了无数躲避战乱的地主乡绅，但抗战时期的重庆街道还是很破，大街上行驶的汽车寥寥可数。

所以，当一身军装的年轻女性，开着一辆汽车行驶在重庆街头时，显得异常引人注目。

更为引人注目的是，这辆车开得并不快，有时还会突然停下来。过了一会儿，又突然开走了，开的是那么犹犹豫豫。显然，司机有什么拿不定主意的事。

毫无疑问，驾驶这辆汽车的人就是黄怡青。吴庆铭刚才交给她的文件，就放在自己腿上的皮包里。

“关于共产党新四军的急件。”吴庆铭的这句话不停地在自己耳边响起。如果真的是这样，那么拆开这份文件，把文件上的信息告诉组织，就可能会挽救许多新四军的生命。

想到这里，黄怡青突然停下车，把手伸向皮包。

但出于职业的敏锐感，黄怡青又感到这样做的风险：自己送文件已经不是第一次，但是给戴笠这个“特工王”送文件这是第一次，这就显得有点不同寻常。

更不同寻常的是，吴庆铭让下属送文件只要交代送给谁就行了，有必要说出文件的内容吗？这样说出来不是违背保密条例的吗？

阴谋，这显然是个阴谋，不能动！

但是她还是有些犹豫，如果不是阴谋，吴庆铭那么说是因为彼此共事很久，没有在意，只是顺嘴一说，那么不打开看就意味着她将失去一次获得重要情报的机会。

于是，车子又停了下来……

重庆戴公馆内，一位面无表情的“军统”秘书把黄怡青带到了戴笠办公室门口。

秘书对黄怡青说：“请您等一下，老板要写回执。”说着把她带到一个客厅。

黄怡青知道，秘书口中的“老板”就是戴笠，这是情报人员出于掩人耳目的目的，对戴笠的一种习惯称呼。

就在黄怡青在客厅等待的时候，戴笠房间里闪出几个人，正在对文件进行仔细检查。

检查进行得很仔细，但结果却令他们有些失望：

“无开封痕迹。”

“无指纹存留。”

黄怡青驾驶着汽车，缓缓行驶在重庆的街道上。通过汽车的反光镜，她向后看了一眼，脸上露出会心的笑意。

在正常情况下，写一个回执所需要的时间极短，但这次拿到回执的时间却很长，加上之前吴庆铭的那句话，以及这次送文件的对象是戴笠，这三个因素综合在一起，问题就很清楚了，这次送文件暗含了一个可能置自己于死地的阴谋！

黄怡青感到很庆幸！

当然，她庆幸的不是自己躲过了一劫，而是因为她没有因为其他干扰而影响了组织交给她的真正使命。

黄怡青和其他地下工作者不同，在这个山城一片战争气氛和白色恐怖里，她留下来，组织上只交给她一个使命，那就是保护一个在谍报战线工作的民族英雄——石剑峰。

如果这次自己因为偷看文件而暴露了，那么组织上再找一位和石剑峰同事，或者和石剑峰关系亲密而又不至于引起怀疑的保护者就困难了，自己也就辜负了组织的信任，影响了组织的布局。

三

在广阔的太平洋深处有一个名为新不列颠的岛屿，岛屿东北部有一个港口城市名曰腊包尔。

这里曾经是澳大利亚委任统治地新几内亚的首府，但到了 1942 年，这里被日本占领，成为日本陆军第八方面军和海军东南方面舰队司令部的驻扎地。

极盛时，这座面积不大的城市竟然驻扎有 11 万日军。他们在这里重建了城市和港口，还建设了很多工厂和隧道，甚至还修建了一座可以容纳 2000 人的妓院。

很多日本高级军官也住在这里，其中就包括臭名昭著的战争狂人山本五十六。

虽然在不久前的“中途岛海战”中，山本五十六遭遇了惨败，并遭到了一些人的指责，但他在日军的威望依然还很高。

1943 年 4 月的一天，是山本五十六的生日。当天晚上，南方面军第 8 军司令官今村中将，特地赶来为山本五十六的 60 岁生日贺寿。今村中将：“按理说，60 岁是要很好地庆祝一下，是高寿呀。”

山本五十六纠正道：“其实我是 59 岁，中国人是过九不过十，我不是中国人，但是中国现在是我的，是我们的。”

今村中将附和道：“有道理，大将，您打算亲自到前线去指挥作战吗？大将了解部队现在需要士气，不过真的难为大将了。”

远处传来了沉闷的雷声，大雨将至。

山本五十六有些焦躁地说：“南洋什么都好，就是季节不分明，雨太多了。今村中将早点回吧。”

今村站起来，两人握手。

今村中将的汽车刚一开动，雨就下了起来，豆大的雨点打在窗子上，芭蕉树上，窸窣作响，远处的雷声闪电接踵而至，大自然好像在预示着什么。

送走了今村中将，山本五十六还没坐定，就对参谋长宇垣少将命令："以电报的方式告诉部队，我要出发了。"

宇垣迟疑道："非要这样吗？"

山本五十六自信地说："为什么不这样？'伊号作战'取得的战果，是继中途岛、瓜达尔卡纳尔战斗以来最让我开心的一次，那些士兵们也等待着我的祝福。"

宇垣知道"伊号作战"对于山本五十六意味着什么。1943 年春，日军在所罗门群岛和新几内亚岛等地区的海上运输屡屡遇挫，使得日军在这一地区的防御难以有效进行。此外，美军又在拉塞尔群岛开始修建机场、码头及舰船停泊锚地，这表明美军正在进行北上反攻的准备。

在美军的重重压力下，身为日军联合舰队总司令的山本五十六大将认为，如果听任美军这样发展下去，不要奢望反攻，就连进行防御也将相当困难。为此，他决定发动大规模空中攻势，粉碎至少阻挠美军的反攻准备，争取时间巩固俾斯麦群岛的防御。根据山本五十六的这一设想，日军联合舰队司令部制定了代号为"伊号作战"的作战计划。

但此时的日军已经今非昔比，航母和舰载航空兵的实力已经一落千丈，山本五十六只好将残存的和刚刚补充的舰载航空兵全部调集上来，经过努力，山本五十六又拼凑出了 389 架飞机，准备与美军大干一场。

"伊号作战"前期为创造条件阶段，日军出动多架飞机试图削弱美军空中力量，但战局并不顺利，山本五十六一直承担着很大的心理压力。

直到作战正式开始，日军 157 架零式飞机和 67 架九九式飞机，分两个制空队四个攻击队，发动大规模攻击，才取得了一定的"胜利"。

日本声称，击沉美军巡洋舰、驱逐舰各 1 艘，中型运输舰 6 艘，小型运

输船2艘，击落美军飞机41架。但实际上，美军仅有驱逐舰、护卫舰和油船各1艘被击毁。所以，日军的这次“胜利”是虚报战果得来的，包含了很大水分。

但即便山本五十六知道这次“战报”包含水分，他也不愿指出来，因为自“中途岛海战”之后，日军在太平洋上的实力大减，士气低迷，他们急需要一场胜仗来重拾信心，哪怕这场胜仗是包含水分的，也没有关系。

看到山本五十六如此激动，宇垣少将依然没有动。他知道一旦发出去，可能会带来什么后果。

最后，山本五十六以命令的口吻：“发吧。”

宇垣无奈地回答：“是，长官。”

电波声：……南太平洋腊包尔、巴莱尔岛、肖特兰岛、布因基地……

电报飞跃万顷碧波，到达日本东京，被送到东条英机手里；

到达华盛顿，被送到日本驻美大使手里……

四

位于南京外交部街的日军中国派遣军司令部，一直戒备森严。在司令部的一间办公室内，具有丰富间谍工作经验的日本陆军大将冈村宁次，正在和日本特高课全能特工大岛一郎谈话。

冈村宁次愤怒地说："我们准备了几个月的讨伐，但是部队到了盐阜地区，主力部队早已经转移。这再次说明，我们的密码一定被他们破译了。"

大岛一郎知道这意味着什么，他眉头一锁。

冈村宁次继续说："这个密码专家已经严重伤害了大日本的利益，前一次你是飞到重庆，现在你要落地，一定要找到他。我想突破口是他的太太，日本人做中国人太太的在重庆有五个。"

说着，冈村宁次扔出一堆照片。

在这一堆照片中，大岛一郎一眼就看出其中的一张，他拿起，手在发抖。

冈村宁次眯着眼睛，疑惑地问："大岛君？"

大岛一郎低声沉痛地回答："这是我妹妹……中国事变后，她的丈夫要回国，妹妹只好跟着走，我们家里坚决反对，妹妹一家人来告别时，家父不让开门，妹妹含着泪走了。上船时，警察见妹妹没有家父的同意书，不让上船，正好我赶到，利用我的身份为妹妹担保，他们才去了中国。"

冈村宁次平静地回答："这些我知道。"

大岛一怔……

冈村宁次带着铁一样的面孔，冷静地说：“去吧！大日本帝国相信你。”

五

4 月的重庆万物复苏，重庆的长江南岸更是一片花红柳绿。但就在这春意盎然的时候，黄山上却挂起了一面黄色黑字旗，这是重庆的空袭警示物，日军的空袭又要来了。

在黄角垭军技室里，情报专家石剑峰正要关机，走进防空洞。就在这时，侦听机上的一组信号让他停下了脚步。

一旁的黄怡青急切地喊道：“步峰兄，防空了。”

石剑峰站起身欲走，但那组声音还在“嘀嗒”地响着，他犹豫了一下，索性坐了下来。

少顷，他拿起了笔，眉宇间透着一种掩饰不住的兴奋。

黄山上挂起红色黑字旗，紧接着，日军飞机临空。城里有些地方已经有爆炸声。

此时，已经躲进防空洞的吴庆铭，突然发现没有石剑峰，他对身边的人说：“快去叫石剑峰出来。”

那人刚要走，日军飞机呼啸着从他们头上飞过，吴庆铭一把拉住了那个人。

经过一轮肆无忌惮的轰炸之后，日机得意洋洋地返航了。

吴庆铭等几个同事快步跑向军技室门口，这时石剑峰正从容地从里边走了出来。

出于对石剑峰的爱惜，吴庆铭发火了：“石剑峰，你以为你的生命是自己的？”

石剑峰没有回答，而是一扬手里的一张纸。

吴庆铭不解地问：“什么东西？”

石剑峰破解的那份电报，很快被送到了何应钦的办公室。

何应钦坐在办公桌后面，吴庆铭则站在办公桌前面读电报：“GA 长官定于 4 月 18 日前往视察巴莱尔岛、肖特兰岛和布因基地，具体时间安排是，06:00 乘中型轰炸机，由 6 架战斗机护航，从腊包尔出发，08:00 到达巴莱尔岛；然后转乘猎潜艇，于 08:40 到肖特兰岛，14:00 乘中型轰炸机离开布因基地。15:40 返回腊包尔，若遇天气不好，视察日程延期一日。”

听完电报之后，何应钦感到一头雾水，他愣在那里，半天说了一句：“GA 是什么人？”

吴庆铭兴奋地说：“日本联合舰队司令官海军大将山本五十六。”

何应钦太意外了，意外得让他有些不大相信：“日本人难道笨到这种程度？这肯定是诱惑。再说，你们不是说日本刚刚换密码了吗？”

吴庆铭回答：“是的，刚刚换了四天，我们还没有破解。不过，日本军队系统启用新密码，但他们的外交部沿用的还是 GA。上次他们袭击珍珠港时，我们就是破解了他们的这个密码。”

何应钦想起来了，问：“又是那个福建人？”

吴庆铭自豪地说：“对，石剑峰。”

六

一场春雨过后，美国南部的草地变得一片碧绿。

在一片一眼望不到边的草地上，已是花甲之年的罗斯福坐在一辆轮椅车上，后边是他的小儿子詹姆斯在推车。

一个军官从草地的另一端走来，向罗斯福走去。

一份电报稿交到了罗斯福的手上，这是一份来自中国的电报，电报的内容也就是石剑峰刚刚破解的关于山本五十六出行的消息。

之前，罗斯福收到来自中国的情报之后，常常是持怀疑态度，但经历过前几次的事件，尤其是“珍珠港事件”之后，罗斯福已经转变了态度。

读完了电报的内容之后，罗斯福说：“中国的特工真让我另眼相看，交给南太平洋舰队司令官处理吧。”

但那个军官没有走，他低声说：“在这里我想提醒总统先生，从第一次世界大战开始，全世界就有一个约定俗成的规矩，那就是在开战国之间，不用暗杀行为伤害对方的首脑。”

罗斯福爽朗地一笑说：“你提醒得好，那就把这个规矩告诉那些不懂得这个规矩的人！山本五十六是战争罪犯。”

在一间美军办公室内，两个美国军官正在秘密策划着什么。

这两名美国军官分别是美军南太平战区指挥官威廉·哈尔西和海军上将切斯特·尼米兹，他们在接到罗斯福的命令之后，正在积极谋划如何执行罗斯福总统的命令。

直到4月17日，也就是山本五十六出行的前一天，两人才批准了拦截并击毁山本五十六座机的刺杀任务。

执行这一任务的是一个中队的P-38闪电式战斗机，因为只有这种飞机才有足够的航程。

为了担心在任务前可能泄密，18位从三支不同精英部队挑选出来的飞行员，仅仅被告知他们积极拦截一名“重要的高级军官”，但军官的具体姓名并未告知。

七

1948年4月18日清晨，薄雾笼罩着日军南太平洋布因基地机场，两架中型轰炸机已经等在那里，山本五十六将要乘坐它们开启自己的死亡之旅。

随山本而来的随员有1号机长的副官福崎，军医长高田，参谋桶端；2号机上的参谋长宇垣，主机长北村，参谋今中，参谋室井，气象长河野，早已经等在了那里。

在不远处的日军布因基地指挥所内，一些日军军官正在给山本五十六送行。

日军第17军司令官百武晴吉中将说：“‘伊号作战’能取得如此战果，应当说是大将亲临前线所带来的，可见大将在海军及陆军中的地位与威慑力。”

山本五十六高兴地说：“过奖了，是大家的努力所至。就这样吧，我还要赶回特拉克岛。”

百武晴吉情真意切地说：“大将，我可是真诚的请您再留一天。”

说着又一个海军将军走了进来。

山本五十六高兴地说：“是城岛高次将军！你不会是从布干维尔岛赶来的吧？”

城岛高次少将说：“大将，是这样，我来的目的只有一个，我接到那份你出行的电报，心都悬到这里。”

他指了一下脖子，接着说：“长官的行动怎么能用这么长的电报发出，就是在日本本土出行，也不能这么大意。”

百武晴吉附和道：“大将，这里是前线，而且是没有制空权的前线。”

城岛高次还想说什么，山本五十六一摆手，说：“好了，你们的心意我领了，但是我的心思你们要理解，我出行的命令已经下了，就不能更改，哪怕是有危险，正像我下的命令别人不能更改一样，我也要执行我的命令。如果我自己都不执行我的命令，谁还执行我的命令？战争打得太苦了，让我们坚持下去的只有一条——执行命令。”

作为军人，众人知道山本五十六这句话的分量，他们都再也不语了。

可能已经有所预感的山本五十六略显悲伤地说：“我要走了。”

百武晴吉感到这话的不吉利，急忙更正道：“我们送你回特拉克岛。”

城岛高次说：“大将，我还有最后一个小事求您。”

山本五十六不耐烦地说：“说，城岛君。”

城岛高次真诚地说：“请大将把那身白军装换一下。”

山本五十六不语，好半天才不太情愿地说：“换！”

晨露中，山本五十六换下经常穿在身上的白色军装，身穿绿色军衣，手戴白色手套，挎着山月军刀，在百武晴吉、城岛高次等军官的陪同下向1号座机走来。

六架战斗机升空编队。

两架轰炸机升空。

朝阳从大海里探出了脑袋，晴空万里，海面平静。

1号机上，山本五十六手握军刀，半闭着眼睛平静地坐着。

2号机上，宇垣看了一下窗外，又看了看表，时间是7:44。

一旁的气象长河野看出了宇垣参谋长的心思，他小声地说："还有三分钟就到了，已经看到机场了。"

话音还没落，海面上突然升起了几个黑点，变大，再变大，16架美军P-38战斗机迅速上升，向日机发起攻击。

巨大的轰鸣声在空中响起，日机迎战。

美机将其团团围住。

年轻的美军列克斯·巴伯中尉攻击了两架日机中的一架，他不断地射击该机30秒内，把它打成了筛子。电光火石之间，这架日本轰炸机迅速下降，摇摆着向下冲去……

事后证明，这架飞机就是山本五十六所乘坐的飞机，就这样，一生作恶多端的日本联合舰队司令官山本五十六大将，葬身于南太平洋。

山本五十六的死，自然在各方引起了很大的反响。兴奋不已的美国政府在庆祝之余，却没有公开报道这件事的详细情况。美国的新闻媒体只是被告知，所罗门当地人的海岸观察站目击到山本登机。美国这样做的目的，是防止日军得知自己的密码已经泄露。

在日本方面，山本五十六的阵亡被称为"海军甲事件"，日本当局一直拖到一个多月后才公布出来，当时朝野震惊。由于受到宣传机构的蒙蔽，日本民众一直以为日军发动的战争一直高歌猛进，进展顺利，山本五十六大将的突然阵亡，对日本民众精神的打击是难以估量的。这或许也预示着，日本军国主义正在一步步输掉由他们自己发动的这场侵略战争。

第七章

会议紧张筹备

停顿了一下，毛泽东继续说：“这里我想到了一个问题，中国人民的胜利，是不容怀疑的，但胜利以后，中国人民能得到什么，难道还像第一次世界大战一样？我们是战胜国，却比战败国损失还多。会议应当有个决议，一个有利于中国人民和世界人民的决议。”

一

加拿大的魁北克，无际的森林蔓延开去，像绿色的大海，一眼望不到尽头。

反法西斯战争进行到1943年，全世界已经看到了胜利的曙光，西方大国在谋求召开一次由同盟国首脑参加的会议，以便统一推动这个战争到最后的胜利，但是，要不要中国参加，分歧很大……

在森林深处的一个木屋里，坐在轮椅上的罗斯福正在看幻灯片。一旁陪同的有国务卿赫尔和罗斯福的小儿子詹姆斯。

幻灯片里出现一个躺在担架上的人。

一个陆军少校在给罗斯福总统讲解着："这是日本关东军拍摄的，发表在他们的《朝日新闻》上，照片上的人，是一个杨姓的抗联将军，他被日军追击一个多月，五天五夜没进一粒粮食。他用最后一粒子弹击中一个日军……日本人把他的头割断，打开他的腹腔后，里边全是草和棉花。"

幻灯片幻化出一片人雪原，苍松翠柏……

幻灯片又换了一张。

被整条抬起的铁轨，抗日的军民从铁轨和枕木中伸出倔强的头。

少校讲解："这是中共领导的抗日游击队，他们在铁路线上打击敌人，扒铁路，炸桥梁，把沿铁路线的线杆和电线全部扯断，有时几十里，有时几百里，上千里，用以支持正面战场的作战。"

幻灯片幻化出绵长的铁路线，一眼看不到边的人群越过交通壕，跃上铁路……

幻灯片又换了一张。

一群衣衫褴褛的百姓，有男有女，有青有壮，他们用无数根绳子牵着一块巨石滚动前行。

其中，一个拉纤的青年女人肩膀上是一根粗粗的纤绳，怀里还有一个吃奶的孩子，那孩子紧紧地咬着年轻母亲的乳头。

幻灯片幻化出一个成千上万人的画面。

无数块大石滚动前行，蔚为大观，让人振奋，又让人流泪……

少校讲解着："他们就是用这样最原始的工具，在一个月内，在云南贵州为我们修建了五个可供 B-25 飞机使用的起降点……"

看了这些幻灯片，罗斯福一下子站起来，他十分激动地："战争改变了中国，中国的战争改变了世界，可以说，"二战" 以来，中国就是一个负责任的大国。"

晚上，罗斯福总统开始给蒋介石起草信件："大元帅，莫斯科会议正在进行之中，我想结果不会超出我们的最初之想法，热切地希望会议会有裨于各方，我正促成中、英、苏、美同盟团结，我不知道斯大林有没有与你沟通，但在任何情况下，很希望与阁下及丘吉尔能及早会晤于某处，时间为 11 月 20 日至 25 日之间，我想亚历山大港当为良好地点，会议时间为三天，并祈望保守秘密。为盼。"

罗斯福提到的这次莫斯科会议，于 1943 年 10 月召开，当时的背景是 1943 年，第二次世界大战已经发生了根本转变，世界反法西斯同盟取得了战略进攻的主动权，但美英仍然拖延在欧洲开辟第二战场，苏联与美、英的关系冷淡。

为了协调彼此的战略，改善同盟国之间的关系，解决迫切的国际问题，三国决定先召开由三国外长，即苏联外长莫洛托夫、美国国务卿赫尔和英国外长艾登，参加的外长会议，为即将召开的三国首脑会议做准备。

因为只是外长会议，所以非常关注这次会议结果的罗斯福并没有参加这次会议。

经过反复讨论，在会议的公报明确写出，三国认为加速战争的结束是首要目的。

尤其值得一提的是，这次会议通过了《关于普遍安全宣言》，宣称将合作把战争进行到底，争取早日建立一个普遍性的国际组织，用以维护世界的和平与安全，所有国家无论大小，都可以参加这个组织。

鉴于中国人民抗日战争对世界反法西斯战争作出的巨大贡献，中国作为世界反法西斯四强之一的地位应该受到尊重。在美国国务卿赫尔的建议下，三国外长同意由国民政府驻苏联大使傅秉常授权签字，让会议宣言成了《四国宣言》。

这次莫斯科会议取得的成果，为接下来即将召开的开罗会议做好了准备。

二

深秋的重庆黄山别墅显得冷冷清清，宁静中却有一股蠢蠢欲动的气息在流淌，预示着将要发生重大的事情。。

宋美龄在看罗斯福发过来的那份电报，看完之后，她高兴地说："好事儿。"

蒋介石有些不解地问："罗斯福指的'任何情况下'是什么意思?"

宋美龄肯定地说："很明确，就是在斯大林不参加的情况下。"

蒋介石有些不快地说："听说在莫斯科会议上，有人不承认中国是大国。"

宋美龄安慰蒋介石道："大国小国怎么了，我们照样打了这么多年……"

与此同时，在苏联莫斯科，克里姆林宫的意见办公室内，斯大林正在和莫洛托夫争论着。

斯大林说："谁是不是大国我不想争论，但是我知道的是，我的一部分国土还被法西斯占领着，中国还有近一半的领土被日本人占领着。"

莫洛托夫解释说：“斯大林同志的意思我是明白的，我是怕蒋介石先生误会，会不会觉得我们有些怠慢他?”

斯大林说：“里子比面子更重要，胜利是最大的面子，如果让日本人感到我们绑在一起，对他们侵占的满洲构成威胁，这个法西斯再做蠢事，不是不可能的。”

莫洛托夫顿悟：“我明白了。”

显然，斯大林不愿和中国走得太近，是不希望激怒日本，以免日本这个像疯子一样的国家再贸然攻击苏联。这样苏联既要应付德国，又要应付日本，自然将是困难重重。

斯大林略带神秘地说：“当然了，这一点不一定要让那三位明白……”

莫洛托夫立即回答：“我明白了，斯大林同志。”

斯大林叮嘱道：“有一点我们要记住，只有当日本侵略者手脚被捆住的时候，我们才能在德国侵略者和我们作战的时候，避免两线作战。而中国人正在做这件事，我特别强调是中国人。”

11 月 1 日，罗斯福在美国白宫写电文给蒋介石：“我尚未接获斯大林元帅之明确回答，但丘吉尔与我仍有会晤阁下的机会，我望阁下能决定 11 月 26 日，约在开罗邻近之处，与丘吉尔与我会晤。”

轻雾依然笼罩着山城，一切正如战局，扑朔迷离。

在黄山别墅内，蒋介石与何应钦在谈话：“去是要去的，这是战后世界和平的大事，问题是去了，我们准备谈点什么，有些什么条件……”

何应钦连忙回答：“我已经有了布置，很快就会有一个东西。”

11 月 9 日，罗斯福在写给蒋介石的第三封电报中说：“我于两三日内即前往北非，望于 21 日抵达开罗，丘吉尔将晤我于此，我与丘吉尔拟定 26 日或 27 日在波斯与斯大林会晤，故殊愿阁下，与丘吉尔与我，得先此相晤，盼阁下能于 11 月 22 日抵达开罗。”

三

清晨的重庆，薄雾弥漫。

在长江海棠溪小码头边，蒋介石和宋美龄、宋子文早早来到这里，他们一边等人一边在聊着。

蒋介石对宋子文说："外交部写来的东西我看了，我想这次去会见罗斯福、丘吉尔，应以淡泊自得、无求于人为唯一方针，不辱其身，对日外置提案与赔偿损失等事，让英美先提，要让世人知晓，我毫无私心于世界大战也。"

宋子文不语。

见宋子文不语，宋美龄淡然一笑："委员长的想法不无道理，如果能够战胜日本法西斯，首功归于列祖列宗，没有他们留下的精神遗产，让四万万同胞奋力向前，一切是不可想象的。还有就是我民族之空前团结，一切党派团体一心抗战，足见兄弟间之高风亮节。赢得胜利分成果不重要，但是，清算一下历史旧账倒是顺理成章的。"

蒋介石点头。

就在这时，江面上传来快艇的声音，蒋介石、宋美龄、宋子文迎了上去。

在黄山别墅，蒋介石把刚刚接来的身材高大的客人迎进了他的客厅。来人是美国总统罗斯福的特使，原陆军部长赫尔利上将。

坐定后，赫尔利从一个精致的大皮包里拿出一封信，郑重地交到蒋介石手里。

赫尔利微笑着说："有一个细节，我必须告诉阁下，这封信，虽然是由我亲自交给你的，但是罗斯福总统还是贴了一张由他亲自设计的邮票。"

蒋介石看了看那张邮票，用事先准备好的金质剪刀，把信拆开，一切做得那么熟练和自然，然后看信。

在蒋介石看信的这段时间，坐在赫尔利身边的宋美龄用一口流利的英语，轻声地和赫尔利聊了起来。两个人聊得是那么自然，那么得体，而又不影响蒋介石的阅读，足以看出宋美龄卓越的社交能力。

蒋介石看完，信依然拿在手上，脸上掠过一丝微笑。

赫尔利说："尊敬的阁下，尽管我知道这之前，总统曾经三次发电报给您，但是他还是要我带着他的手书亲自来中国，以表示他真诚的心意。"

蒋介石微笑着说："谢谢!"

赫尔利说："总统先生对中国人民的抗战有着很高的评价，对中国人民在反法西斯战争中的贡献也十分钦佩。在这场战争就要有个令人满意的结局时，坐下来谈一谈大战后的世界和平，出席这次谈话的不能少了中国人。"

蒋介石不动声色，依然纹丝不动。

在大洋彼岸的美国，坐在轮椅上的罗斯福总统正在专心地读赫尔利发自中国的报告："尊敬的总统先生，在传达了先生关于四国会议的主要目的后，我和蒋先生进行了六个小时的私人谈话……对了，我还要说一声，蒋先生非常喜欢你的邮票，他的夫人说，中国人都喜欢。"

罗斯福总统的嘴角漾起一丝发自内心的微笑。

四

在重庆黄山别墅里的会议室，蒋介石在召开一个小型会议，参加会议的有外交部长宋子文、军政部部长何应钦、中国远征军司令长官陈诚、中国驻苏联大使傅秉常等人。

民国第一夫人宋美龄也在座。

宋子文在读一份文件：

甲、战略方面之主要提案，(1) 反攻缅甸，海陆军同时出动之总计划。(2) 成立中美英联合参谋会议。

乙、政治方面之提案，(1) 东北四省与台湾、澎湖群岛应归还中国。(2) 保证战后朝鲜独立。(3) 保证泰国独立和各国与华侨之地位。

丙、筹建战后有力之国际和平之机构。

丁、对日本投降后之处置。

戊、中美经济合作之提案。

己、对美物资租借之提案。

读完之后，宋子文放下稿子。

蒋介石说："近日我将到一个地方出席一个叫'六分仪'的会议。因为要见罗斯福与丘吉尔，为此准备了这份材料。事先都征求了大家的意见，今天在这里做了个综合，大家再次发表一下意见。”

何应钦率先说：“从战略到政治包括具体条件都很周到，也很完备，只提一点，因为这次会议有英国参加，有关英国的在华利益，比方说香港九龙提不提，怎么提。”

宋美龄插话说：“这一点罗斯福总统倒是说了，中英之间的问题，他可以从中调节。”

何应钦说：“这样最好了。”

陈诚说：“那就没什么问题了。”

蒋介石叮嘱道：“不，这次去外国开会，怎么去，怎么开，怎么回，要上点心，想让我们去不成的，开不成的，回不成的一定大有人在。要防的人很多，特别是日本人。把那个石剑峰带上吧，他是千里眼，顺风耳。”

何应钦回答：“是。”

夜色下的哈瓦那咖啡馆格外迷人。

江户英子和青山和夫（日本共产党人）及他的妻子渡边慧、中国广播电台国际台的日籍女播音员山下美子，一起走进了咖啡馆。

江户英子走在最后，但是她一眼就发现了坐在角落里的石剑峰和他对面的黄怡青。

女人的敏感让江户英子停下了脚步。进去吗？那样只会令双方更尴尬。犹豫了一下，江户英子退出了咖啡馆。

青山和夫、渡边慧、山下美子坐了下来。山下美子用日语说了声：“江户英子怎么没进来？”

青山和夫回答：“不管她，可能回家了，好妻子好母亲。”

听到有人用日语讲话，在日本生活过的石剑峰回头看了一眼。

黄怡青解释说：“日本人，可能是中国广播电台的。”

石剑峰不语，眼睛看向窗外……

黄怡青提醒石剑峰：“我们得到情报，日本派出的暗杀小组到了重庆，目标是在重庆帮助中国抗战的日本人，你爱人……”

石剑峰点了点头，义愤填膺地说：“他们很嚣张，他们用明码电报指示这里的特务……唉——真是放心不下，我又要外出……”

黄怡青感觉到了什么：“去哪儿？”

石剑峰苦笑了一下，没有回答。

夜色更深，江户英子神色抑郁地躺在床上，刚才在咖啡馆看到的那一幕深深地伤害了这位痴情的日本女人。

就在这时，外面传来了汽车声，江户英子拉起窗帘，透过窗子向外看。只见丈夫石剑峰从汽车里走了出来，突然黄怡青也从车里走了下来，来到石剑峰面前，用双手拥抱了一下石剑峰。

像看到什么令人恐怖的东西一样，江户英子条件反射似的一下子把窗帘拉上。

石剑峰走进家门。

已经重新上车的黄怡青重新发动起车子，从汽车的后视镜里，她看到一个身影闪动。她知道那个身影是谁，想到这里，她的眉头一锁……

石剑峰走入室内，满腹心事地在江户英子身边躺了下来。

侧身而卧的江户英子用平静的语气：“先生有事？”

石剑峰回答：“有……要离家几天。”

江户英子追问：“去哪儿？”

石剑峰无奈地回答：“不能说。”

江户英子先是不语，少顷，她还是压住心头的委屈，平静地问：“和她吗？”

石剑峰不语。他当然知道江户英子说的那个她是谁，但他不能解释，也不能说跟谁出走，更不能解释他要去哪儿，因为这是天大的秘密。

江户英子依然平静地："祝你们快乐……" 两行热泪流了出来。

石剑峰装作没看见，只是心中有些痛。

五

重庆朝天门码头，碧绿的嘉陵江江水与褐黄色的长江江水在这里汇合，江水激流撞击，漩涡滚滚，十分壮观。

因为地处两江枢纽，又是重庆最大的码头，自古以来这里就异常繁华，江面舟楫穿梭，江边码头密布，人行如蚁。

又一艘不太起眼的船只靠岸了，一个戴草帽的人从船上走下，他把草帽向下拉了拉，我们依然能够认出他是日本特高课的全能特务大岛一郎。

尽管之前在飞机上看过重庆，但这次是他第一次真正踏上了重庆的土地，大岛一郎用陌生的目光看了看这个山城。

少顷，他从内衣里取出了一张照片，这是江户英子……

此时，美丽的江户英子静静地跪在大殿中一个大佛前，神情是那么专注，那么虔诚。

不一会儿，又一个人跪了下来。

那个人静静地观察了一会儿，轻声叫了一声："英子。"

江户英子浑身一震，等她发现跪在自己身边的竟然是久违的哥哥时，她充满意外地问："哥……怎么到了这里，父亲母亲都好吗？"

大岛低沉地说："不好……"

江户英子忧伤地说："为什么？"

大岛狠狠地说："因为支那人。"

江户英子不想在沿着这个话题讨论下去，因为两个不同世界的人是无法达成共识的。她换了个话题："你来做什么？"

大岛冷冷地说："石剑峰……"

江户英子明白了什么，她有些难过地说："可是……他是我丈夫呀。"

大岛不满地说："你是日本人，在你的国家还有父亲、母亲四十多口人。"

江户英子不语……

大岛递过一个戒指，解释说："很简单的……"

江户英子不想接……

大岛严厉地说："做了，你失去一个人；不做，你将失去日本的一个家族，而且他早晚也会被别人做掉……"

江户英子无奈地接过戒指……

傍晚，江户英子正在照顾家人吃饭，突然，他们家的窗外有个人影一闪而过。

石剑峰和女儿忆婴都没有在意。

只有江户英子知道这是什么人。

石剑峰说："给我点水好吗？"

江户英子来到厨房倒水，她与那个人的目光相遇了，她倒水的手抖动起来。

窗外站立着的当然就是大岛，他如电的目光盯着江户英子，让江户英子心里很不安。

日本的家人和中国的丈夫与子女，江户英子都不愿意舍去，不过，江户英子显然更爱中国的丈夫与子女。

但她了解哥哥及其他所在的特高课那些人的性格，他们决定的事，不达目的是不会罢休的。

就在这时，黄怡青的那张英俊而又干练的面孔在她脑海里飘过，她心里一阵伤痛。

刹那间，江户英子动摇了，屈服了。她抬起手，看着那枚戒指，又慢慢地把眼睛闭上，把“药”倒进杯里。

无论是看着丈夫被杀，还是看着丈夫和另外一个女人在一起，都是江户英子无法接受的。既然如此，活着还有什么意义。

也是，她端起水杯，想一饮而尽。

就在这时，里边的女儿喊了一声："妈，我也渴。"

江户英子惊醒，回头看了一眼女儿和丈夫，一种生的欲望又战胜了她。突然，她猛地回头，窗外弟弟大岛不见了，她的内心在激烈地斗争着。

这时，女儿又叫了声："妈——"

她又倒了一杯，端着两个杯子走进室内。她把那个有药的杯子留给自己，把另一个递给女儿。

女儿撒娇地说："妈妈，少的那个给我。"

江户英子一怔，赶紧说："不，这个烫。"

石剑峰问："我的呢？"说着去取江户英子手中的杯子。

江户英子不给，争抢中，杯子落在地上。

无数个杯子的碎片……

江户英子无奈的眼睛……

石剑峰含泪的眼睛……

女儿不解的眼睛……

石剑峰把江户英子拉到一边，真诚地说："英子，可以告诉你，和你在一起我很幸福，和孩子们在一起我很幸福，你一个日本人，跟着我回国参加抗击日本法西斯的伟大战斗，我更幸福！"

停顿了一下，石剑峰继续说："到今天为止，我没有做过一件对不起你的事。我要外出，不是跟谁私奔，是跟委员长出国，去开罗开会，这是国家大事，世界大事，我必须保密，但是我也要我的家，要我的爱人……我本来不能说，但对江户英子——我的爱人，我必须说……"

如此重要的国家机密，丈夫都能说出来，江户英子愣住了，她那晶莹的眸子瞬间模糊了。

六

夜晚，在宋庆龄的住所里，只有一盏台灯亮着，温暖的灯光照在宋庆龄的脸上，她显得更加宁静与端雅。

不经意间，一颗晶莹的泪珠从她的眼角滚出。

传来轻轻的脚步声。

“姐。”

“庆龄……”

宋庆龄转身，脸上显出一丝微笑和意外：“是你们。”

宋美龄和宋霭龄站在了门口。

宋美龄首先开口：“明天要陪先生去开罗，我和大姐来看看你。”

宋庆龄高兴地说：“噢。你们快坐。”

宋霭龄向桌子上瞄了一眼，问：“小妹在做什么？”

宋庆龄回答：“写信，募捐的事情，人民的生活用水深火热来形容已经远远不够了，有很多人自杀了，一所学校里有四个人在一个晚上悬梁自尽，学生们受了很多苦，学习水平在下降，原来是六十分，现在三十五分就算及格了，日本帝国主义是要亡我民族，但是我们还在战斗，要把这些都告诉西方。”

宋美龄说：“我会记住的，你就不祝我平安？”

宋庆龄平静地说：“祝，但是你也要记住，只有中国平安，你们夫妇才能平安。”

宋美龄抱住了宋庆龄，发自肺腑地说：“姐的话都是真理。”

宋霭龄对宋庆龄说：“你这边有事儿，不论是孩子们的事还是妇女的事，都可以叫上我，多一个人多一份力量……”

三个女人走出房子，走在山城里，她们手挽着手，走在夜色中……

七

在开罗会议即将召开的关键时刻，延安的毛泽东已经意识到，这将是一次改变世界格局和中国的会议。

他打电话给周恩来说：“恩来，从重庆那边传来的情报很重要。你分析的这次三巨头会议的内容，都是可能的，中国战区的问题，太平洋战争的问题，包括国民政府要美国帮助训练90个师的问题，都可能提到会议上来，但是，还有没有一种可能，商量一下战后的事情？”

听筒里周恩来的声音：“主席的分析是？”

毛泽东说：“情报说，斯大林不参加这次会议，因为苏联刚刚收复基辅，又忙着庆祝十月革命胜利26周年，意大利马上就要完了，战后问题应当摆上日程了。”

停顿了一下，毛泽东继续说：“这里我想到了一个问题，中国人民的胜利，是不容怀疑的，但胜利以后，中国人民能得到什么，难道还像第一次世界大战一样，我们是战胜国，却比战败国损失得还多？会议应当有个决议，一个有利于中国人民和世界人民的决议。”

1943 年 11 月 18 日，蒋介石一行在重庆机场登上飞机，开启了开罗之行。

这次中国代表团去开罗是分两批出发的：蒋介石、宋美龄、国防最高委员会秘书长王宠惠等人为第一批；宣传部副部长董显光等人为第二批，上机的人员中我们看到了石剑峰……

机舱里，蒋介石在闭目养神，突然一个人走了过来，在蒋介石耳边低语。

蒋介石站起身，向飞机后舱走去。原来坐在后舱里的王宠惠昏厥过去了。

蒋介石关切地问："怎么回事？"

有人向他解释道："秘书长年龄大了，加上过喜马拉雅山……"

宋美龄也挤了过来。

蒋介石有些不悦地说："搞什么搞，这还没上阵呢，拉稀了。娘西皮！"

此时的王宠惠已经六十多岁了，如此重要的会议，为何要带这样一位老人远涉重洋，参加开罗会议呢？这和他的杰出才能有关。

王宠惠的一生颇为传奇。早年毕业于北洋大学堂法律系，获得钦字第一号考凭，他也因此被认为是近代中国第一所大学的第一个毕业生。后来，他又曾到美国耶鲁大学深造，获得耶鲁大学法学博士学位。

王宠惠精通外语和法律，所以在他以后的仕途生涯中，多在外交、法律等领域任职。早在 1912 年，成立南京临时政府时，三十刚出头的王宠惠就被认为临时政府外交部长，两个月后，又改任唐绍仪内阁的司法总长。

1922 年，刚过 40 岁的王宠惠，又在吴佩孚的支持下，署理国务总理。

如果仅仅是国内官职，也许还不足以证明其才干。1923 年，他又被国际联盟选为海牙常设国际法庭的正法官，并于 1931 年再次出任此职位。

在当时，王宠惠被认为是国民政府中学者型官僚的典型代表。作为学者，他的外语功底扎实，是第一个把《德国民法典》翻译成英文的人，而且在很长一段时期内，这个译本都被认为是最好的译本，并成为很多美国大学的教科书。

作为官员，曾经有人评价，在1949年的中国政坛上，从孙中山的那个短暂的临时政府起，无论谁主政，他一直都高居要职。

不仅如此，他还具有丰富的与外国打交道的经验，早在1921年，他就曾作为北京政府的全权代表之一，出席在美国召开的华盛顿会议。

这一次蒋介石要参加的开罗会议，是中国第一次作为世界四大强国之一而参加的、具有重大历史意义的大会，具有丰富谈判经验的王宠惠自然不能缺席这次会议。

对于王宠惠的才能和他即将在开罗会议中发挥的作用，宋美龄是清楚的，所以看到蒋介石对这个人发火，一旁的宋美龄赶紧提醒道："达令……"

宋美龄的这声"达令"仿佛是一剂灵丹妙药，听到之后，蒋介石没说什么就走了。

王宠惠醒了，他看着宋美龄，激动地说："夫人，请转告委员长，我一定会上阵的，一定不会'拉稀'的。"

宋美龄安慰道："秘书长，好好休息。"

王宠惠闭上眼睛，没再说话，不一会儿，两颗晶莹的泪珠从那满是皱褶的脸上滚下。

第八章

会议隆重召开

宋美龄也清楚，中国能够在这次会议上取得如此大的成就，付出的代价是巨大的：自“九一八”事变以来，无数个中华儿女，前赴后继，不怕牺牲，英勇抗击日本法西斯，接连发动了淞沪会战、徐州会战、武汉会战、百团大战、常德会战……英勇的中华儿女用鲜血阻止了日军的进攻，粉碎了日军快速灭亡中国的企图，让日军陷入了战争的泥潭，牵制了大量日本军力，这也为其他同盟国的反法西斯斗争创造了良好的条件。

一

在重庆飞来寺，午后的阳光斜照在这陈旧的寺庙和干枯的树木上，让这里显得异常萧条、清冷。

一男一女在寺庙里谈话。男的精明干练，目光中又带有一股慑人的凶残，他就是日本特务大岛一郎；女的温柔漂亮，一副弱不禁风的样子，自然就是大岛一郎的妹妹江户英子。

大岛一郎愤怒地质问："为什么?!"

那天，他在窗外看到了江户英子所做的一切，他不能理解妹妹不仅不愿意杀害那个中国人，甚至还要自杀。

江户英子不语，她的心在滴血。

"好吧，忆婴、念华，你要看好……"大岛一郎不带任何表情地说。

突然听到日本特高课可能要对自己的子女下手，作为一名母亲，江户英子急了，她大声说："不，你不能动他们!"

大岛一郎冷冷地说："那先动石剑峰。"

江户英子说："他不在……"

大岛一郎站起来，愤怒地说："胡说。"

江户英子不假思索地："他去埃及开会了……"说完，她捂住了嘴。这是高度机密，是石剑峰在迫不得已的情况下，才告诉自己的，现在自己怎么能告诉别人，尤其是日本特高课的特务呢?

大岛没有想到石剑峰去开会了，而且是远赴埃及。他不禁在想，一个情报专家在抗日战争进行的关键时刻，为什么要去埃及？是他自己去的，还是跟随中国首脑一起去的？这件事背后有什么不可告人的秘密呢？

他一时也无法确定，但可以肯定的是这个信息一定很重要，他要立即把这个消息向日本高层汇报。

想到这里，他盯着英子，慢慢地眯起眼睛……

二

正当开罗会议即将召开的时候，在德国东普鲁士拉斯腾堡，有一位大人物隐约感到不安。

那里有一片寂静幽深的森林，森林戒备森严，普通人不可踏进一步。

一条单向轨道像一条巨蟒蜿蜒通向森林深处，铁轨两侧由一群身材魁梧、目光炯炯的士兵守卫着，他们是希特勒的警卫旗队。森林里没有高高的守卫塔和防空塔，目的是为了减少空中飞机的注意。

在森林深处的铁轨尽头，可以看到两座树立林间的铁塔，那是与外界联系的通讯塔。在两座铁塔中间的一块空地上，有一个由巨石和混凝土构成的巨大入口，再往里走就是在“二战”期间的一个恐怖的代号——“狼穴”。

这里是希特勒的一处军事指挥所，希特勒曾经这样评价它：“在欧洲至少有这样一处地方，我可以自由自在、安泰从容地工作。”

此时，希特勒正在他的“狼穴”内工作，与希特勒关系极为亲密的戈林元帅走了进来。

两个人以德军礼仪致敬后，戈林走到地图前，高兴地说：“我的元首，有一个不算很大的情况，但是在我看来是十分重要的情报，必须向您报告。”

希特勒面无表情地说：“我在听。”

戈林说：“来自空军的情报，英军的一个高炮旅，正在向亚历山大港移动，昨天完成在开罗郊区的布防。其实，一个旅的高炮调动不是什么问题，问题是这个旅调到了根本没有战斗的地方去，是要干什么？还有一个来自美海军的呼叫信号，引起了我们情报部门的注意，他们一直在联系亚历山大港，而且英国皇家海军巡洋舰‘威名号’也从停泊的港口消失。”

希特勒疑惑地问：“什么意思？”

戈林回答：“当然，还有一条更重要的消息，是从日本发来的情报，中国首脑去埃及开会了……”

希特勒一怔……

三

1943 年 11 月 22 日上午，开罗机场热闹非凡。

一架飞机呼啸着降落在机场，停稳之后，美国大使赶紧上前，把身体不便的罗斯福总统迎上了早已准备好的轿车。

罗斯福问了一句：“怎么样？”

显然，总统问的是开罗会议的进展情况。大使回答：“军事方面的问题，三个国家的参谋长在开会，但是一直争吵着。”

说完大使停了下来，看着罗斯福。罗斯福没有表态，只是提醒他："嗯，继续说。”

大使说："丘吉尔首相和蒋先生见了两次面，总觉得他们两个人都在等你，说白了，丘吉尔在等你谈对付希特勒，蒋先生在等你谈对付日本。”

罗斯福看着窗外，许久不语，突然开口："先谈对付日本。”

这时，在美国驻开罗大使馆，蒋介石和宋美龄乘车来到这里，罗斯福的儿子詹姆斯和一个外交官在门口等待。

接着，蒋介石和宋美龄被迎进客厅。

罗斯福没有寒暄，而是问了一句出人意料的话："湖南北部打起来了？怎么样？”

蒋介石知道罗斯福所说的在湖南北部打起来了，指的是常德会战。

常德会战又是一场规模宏大的战役，当时在国际上苏军在苏德战场上开始了全线反攻，意大利的墨索里尼下台，而日本则在太平洋战场上节节败退。

在这种有利形势下，国民政府与盟军协同打通中印公路，先后从第六、第九战区陆续抽调 7 个师转用于云南、印度，准备反攻缅甸。日本为了隔断重庆与英美的关系，牵制国军对缅甸的反攻，打击中国军队士气，他们纠集了 7 个师约 10 万人；对湖南常德发动进攻。

常德战略位置十分重要，它是湖南重镇，川贵门户，武汉失守以后，这里又称为重庆大后方的物资的唯一补给线。一旦攻下常德，既可以夺取洞庭湖粮仓，达到以战养战和巩固中国战区的目的，又就可动摇中国军民抗战信心，以战逼降，达到所谓结束“中国事变”之目的。

正式认识到此战的重要性，国民政府集结了第六、第九战区 16 个军 43 个师 21 人，与日军在常德厮杀。

日军从 11 月 1 日开始发动攻击，经过在常德外围的多场厮杀，到 11 月 19 日，日本的两个师团已经逼近常德附近，到罗斯福总统抵达开罗的这一天，日军的第 11 军主力已经在常德城外集结完毕，开始向常德发起总攻。

这场会战不仅规模宏大，而且意义深远，所以，参加会议的蒋介石格外关心这场战役的进展情况。听到罗斯福提到这场战役，他感动地说："总统知道了？"

罗斯福回答："在飞机上知道的。"

蒋介石真诚地说："谢谢总统这样关心东方战场。"

罗斯福说："那是应该的，只有你们在东方常德打得好，我们在北非开罗的会才能谈得好。"

罗斯福说得没错，常德会战不仅蒋介石关心，他自己也格外关心，因为这场战役的结果不仅会影响中国的命运，也会影响到盟军，尤其是美军在东南亚进行的联合反攻。

他发自内心地感谢中国帮他们牵制了大批日军，同时他也衷心祝福中国能够取得常德会战的胜利！

四

会谈还在继续。

在和蒋介石寒暄之后，罗斯福把目光转向了宋美龄，亲切地说："你好，夫人，没想到我们这么快又见面了。"

宋美龄微笑着回答："我想这一定是你安排的。"

罗斯福也笑着回答："是的，所以很急切。好吧，我想我们这次会议的主题主要是谈谈未来，一是如何胜利，还有就是胜利后怎么办。"

一旁的翻译把罗斯福的这句话翻译给了听不太懂英语的蒋介石："总统说，我们谈谈未来，一是何时胜利，还有就是胜利后你们怎么打算。"

不知是有意还是无意，翻译把罗斯福的话翻译给蒋介石时，把罗斯福所说的"如何"换成了"何时"，又给"胜利后怎么办"前加了一个主语——你们。

这看似只有几个字的变化，意思却变化了很多。坐在一旁精通英语的宋美龄愠怒地对翻译说："你搞错了总统的原意。"她又重新翻译了一遍。

蒋介石没有表态，而是含蓄地说："我想听听总统的意见。"

宋美龄取代翻译，直接把蒋介石的话翻译给罗斯福。

罗斯福说："战后，我希望蒋先生与中共成立联合政府。"

蒋介石没有直接回答，而是说："但是要保证苏联不能侵犯我东北之主权。"

罗斯福承诺："这次会议后，我要见斯大林，我会和他洽商。"

蒋介石说："我们要收回香港的主权。"

罗斯福再次承诺："我会和丘吉尔说……"

罗斯福的话令蒋介石非常满意，蒋介石真诚地对罗斯福说："谢谢！"

宋美龄对罗斯福翻译道："谢谢，谢谢！"

罗斯福虽然不太懂中文，但他依然能够分辨出宋美龄的翻译和蒋介石原话的不同，他幽默地问宋美龄："蒋先生说了一个'谢谢'，你为什么翻译成了两个？"

宋美龄机智地回答："后一个谢谢是我的。"

人们都笑了。

会议空隙中，英军皇家陆军参谋长艾伦·布鲁克元帅在凯西别墅旁边陪丘吉尔首相散步，后面跟着丘吉尔的女儿玛丽。

艾伦·布鲁克不满地说："我看中国人是来搅局的，他们带来的是进攻缅甸的计划，而且要求很多。"

丘吉尔回答："这个账不能记在中国人身上，美国总统拉中国进来，就是要谈东方的事。"

停顿了一下，他不满地说："今天他们谈得够长的。"

后面的玛丽问："你是指蒋介石和罗斯福吗？"

丘吉尔吸了口烟，没说话，心里有些酸溜溜的感觉，美国不是更应该器重英国盟友吗？这一次罗斯福怎么如此重视中国？

玛丽继续说："他们已经谈了六个小时了……"

五

夜晚的美国驻开罗大使馆灯火辉煌，蒋介石和罗斯福的会谈在温暖的灯光下，在一片和谐友好的氛围中缓慢地进行着。

罗斯福轻轻地放下手中的杯子，郑重地说："在我的国家，一种气氛正在蔓延，要求追究日本天皇的责任，所以天皇体制是保留还是废止，我们想征得中国的意见。"

蒋介石停了一下，他在思索。

一旁的宋美龄关切地看着蒋介石。

蒋介石拿起放在眼前盛着白开水的杯子，字斟句酌地回答："这个问题……我以为首先必须要铲除的是日本军阀。不能让这个集团再干预日本的政治。至于他的国体如何，最好待日本新进的觉悟分子自己来解决。如果日本民族能够起来对他们的战争祸首进行革命，推翻他们奉行侵略主义的政府，彻底消灭他们的侵略主义根蒂，那我们应当尊重他们国民的自由意志，去选择他们自己的政府形式。"

罗斯福没有想到，中国饱受日本侵略者蹂躏，而蒋介石竟然会有这样的态度。他轻轻地点头，脸上流露出赞许的神情，真诚地问："那是否可以把这个问题，提交到明天的正式会议上？"

蒋介石口气十分肯定地回答："不必。"

罗斯福追问："日本的国体由日本人民决定？"

蒋介石果断地回答："是的。"

罗斯福转身对宋美龄说："尊敬的夫人，我虽然是第一次见到你的先生，但是我没有陌生感，他的思想我好像在哪里见过。"

宋美龄笑着回答："我终日里陪伴在我先生左右，但是今天，我却感到他很陌生。"

罗斯福奇怪地问："为什么？"

宋美龄回答："因为，只有中国人自己才知道我们经历了多少苦难，也只有他才知道我们死了多少人。你们边说，我边想，他说这番话，是有内心的搏斗的，也许是一次历史的错误，也许因为这次战争需要改变的东西，没有改变，很多事情又回到了历史原点。他的话不是对敌人的宽赦，也不是对日本天皇的宽赦，而是我们有一个共识，这场战争不仅要让我们这个苦难的民族从法西斯主义的奴役下解放出来，也要让日本这个民族从军国主义的奴役下解放出来。他们的自身解放比亚洲人民的解放更为重要。"

罗斯福点头说："你们夫妇的话，把一个真理解读得如此完美。"

宋美龄高兴地说："谢谢！"

罗斯福故作神秘地问："夫人，你猜我现在在想什么？"

宋美龄装作很感兴趣地催促："您说。"

罗斯福顽皮地说："我在想，如果我的腿允许，我一定请你起来跳个华尔兹。"

宋美龄微笑着说："我真诚地期盼您带着我跳华尔兹的那一天。"

罗斯福有些感叹地说："人就是如此，我对结束这场战争有信心，而对我的腿却无可奈何。"

停顿了片刻，罗斯福继续说："我又想到一个问题，战争结束后，我们如何进驻日本。我觉得应当以你们为主体，进入日本。"

蒋介石说："日本攫取中国之土地，如东北四省、台湾、澎湖群岛应当归还中国，驻军监视日本，当以美国为主为好。如果需要中国派兵协助，我们可以做到。”

罗斯福突然问：“常德打得如何?”

蒋介石回答啊：“收复了汉寿和石门两座县城。”

罗斯福话题一转：“我还有一个问题。你为什么派了那么多部队去监视陕甘宁边区呢?而且你的前线还需要这些部队。”

蒋介石没有急于回话。

罗斯福继续问：“你们既然可以共同对敌作战，为什么不可以组成一个联合政府?”

蒋介石笑了，他机智地说：“你现在和苏俄也在共同作战，你们可以组成一个联合政府吗?战争中我们的敌人是法西斯，战后的敌人是谁?有没有可能是共产主义?”

罗斯福说：“起码你们不要发生内战。”

蒋介石追问：“内战发生了吗?”

罗斯福说：“幸好是这样，我们国内有一种呼声，那就是我们的美元不应当支持中国的内战。”

和谐的谈话氛围逐渐增加了火药味，宋美龄有意把话绕开：“好了，这真是一个值得纪念的夜晚，当然，今天也留下了一个遗憾，那就是我没有请罗斯福总统跳华尔兹，其他的，我想大家还是十分满意的。”

罗斯福笑了，他知道宋美龄的话是什么意思。一旁的詹姆斯也明白了过来，他过来推父亲的车。

罗斯福亲切地对儿子说：“我们送送客人。”

夜色中的开罗城很静，很美，路上几乎没有什么行人。

汽车里，宋美龄和蒋介石正在轻声聊天。宋美龄有些担忧地说：“我真怕你们发生不愉快。他说的话我也有耳闻，有人说中国再有内战，他们就停止军援。”

蒋介石自信地说：“不会的。他们需要我们，需要我们的中国战场。”

六

当天晚上，在罗斯福的客厅内，罗斯福总统的秘书把一个人带到了客厅，他是史迪威将军。

罗斯福这个时候召见史迪威，当然和中国有关，因为史迪威会讲中文，和中国的渊源很深。

史迪威早年毕业于西点军校，1911 年，28 岁的史迪威就曾经来华，游历过上海、厦门、广州等地。

九年之后，他第二次来华，担任驻华语言军官。期间，曾经被国际赈灾委员会借用，先后担任修筑山西汾阳至军渡、陕西潼关到西安公路的工程师，接触了中国的社会情况，结交了各界人物，加深了对中国的了解。

1926 年，他再次来华，担任美军驻天津步兵第 15 团营长，并以驻华公使身份被派遣到徐州、南京、上海等地考察军情，之后所写的报告受到了嘉奖。

1935 年，他第四次来华，在北平担任美国驻华武官，先后考察广州、桂林、南宁、汉口等地。

1937 年抗战爆发后，他曾经组织一个情报组，及时向美国报告中国抗战进展情况。

1942 年，他第五次来华，担任盟军中国战区参谋长兼中缅印战区美军司令。从这个时候开始，他与中国战区最高统帅蒋介石的接触开始增多，所以对整个中国的抗战形势更加了解。

参加开罗会议的罗斯福深深地知道，开罗会议是一个影响深远的会议，会议上的每一个决策，都可能会影响尚未结束的反法西斯战争，影响到战后的世界格局。所以，自己必须要充分了解情况，掌握尽可能多的尤其是关于中国信息，才能有利于自己做出正确的决策。正是基于这个考虑，他想到了和中国打了多年交道的史迪威。

史迪威进来之后，向罗斯福总统敬礼。

罗斯福微笑着指了一下沙发，漫长的谈话开始了……

当晚深夜，蒋介石刚刚在下榻的别墅坐定，作为此次会议中国首席军事代表的商震走了进来，在蒋介石耳边低语："中美空军机群飞越台湾海峡，准备轰炸新竹机场……"

同时，罗斯福与史迪威的谈话还在进行。

罗斯福说："人生是要历险的，你在缅甸就历险了，当我听说派去接你的飞机，被你拒绝了，你亲自带着 114 人步行 20 天到达印度时，是我让陆军部长史汀生发去了电报。"

罗斯福提到的这次缅甸历险，实际上指的是中国远征军对缅甸的那次军事行动。

这次军事行动具有复杂的社会背景，"二战" 爆发后，1940 年德军快速攻下英法联军防线后，英法联军从敦刻尔克丢盔弃甲，仓皇撤退，连英伦三岛也岌岌可危，更无暇顾及远东殖民地，所以英国当局就想借助长期与日军周旋的中国，支援他们在缅甸、印度等地的战局。

另一方面，中国要想争取抗战的最后胜利，也需要确保滇缅公路这条最后的国际运输线的通畅。

为此，中英达成军事同盟，并组建中国远征军，由杜聿明担任代理司令长官，由史迪威指挥，集中约 10 万人，向缅甸发动进攻。

中国远征军进入缅甸，历时半年，转战 1500 多公里，浴血奋战，屡挫日军，取得了同古保卫战、斯瓦阻击战、仁安羌解围战等胜利。

但后来由于英国的战略是放弃缅甸，保印度；远征军高层由中英美共同组成，矛盾重重；没有制空权等原因，战局不利，一部分中国远征军被迫向英属印度撤退。史迪威也是这时撤退到了印度。

听到总统再次提到这场战争，史迪威回答：“总统，那是我的耻辱，我应该打回缅甸去。”

罗斯福说：“我了解了一些情况，战役失败不全怪你。”

史迪威抱怨道：“是的，我是总参谋长，但蒋介石把我当成了他的土军阀，根本不给我兵权，杜聿明也不听我的指挥。中国的军队，从士兵、排长到营长都是好的，但团长以上好的很少。就一个戴安澜，还有孙立人。他们的军队必须改组，我跟蒋介石说过，他却不以为然。”

罗斯福没有附和史迪威，因为他知道史迪威和蒋介石有矛盾。过了一会儿，罗斯福意味深长地说：“英国的那个丘吉尔说过一句话，‘如果没有中国战场拖住日本法西斯，那今天的世界不可想象。是的，珍珠港后，我们向中国投入的人力、物力是空前的，目的就一个，让中国扛住，扛得越久，对战争，对反法西斯斗争越有好处，我知道你和蒋介石处不来，在你们有矛盾的时候，我会站在蒋介石一边，因为他有 个政府，我可以从他那里得到利益。在利益面前，我要对美国负责，而不是对一个美国将军负责，希望你理解。”

史迪威说：“总统放心，西点军校毕业的学生，把生命都交给了美国，我不在乎其他。”

七

夜更深了，整个开罗似乎都已经进入梦乡，但罗斯福与史迪威的谈话还没有结束。

也许是保持一个姿势太久了，罗斯福感到不太舒服，他转动了一下轮椅，突然问史迪威："你了解延安吗?"

史迪威回答："我了解毛泽东、朱德和他的军队，他们从上到下，都比蒋介石的要好。"

罗斯福又问："他们怎样看我们。"

史迪威回答："毛泽东很客观，很冷静，但是听宋庆龄，也就是蒋夫人的姐姐说，国民政府对中共很不公平，我们援助中国的物资，他们不分给共产党，我和马歇尔将军建议过，考虑是否可以直接向延安供应。"

罗斯福说："其实，我不止一次对蒋介石说，要和共产党合作好。"

史迪威赞赏地说："总统的这个态度很明智。"

这时，罗斯福从身边取出一本书，他解释说："1942 年 2 月 24 日，斯诺给了我一本书。"

史迪威向那本书看去，那是一本崭新的《红星照耀中国》。

史迪威也读过这本书，该书的作者就是刚才罗斯福总统提到的斯诺。斯诺本来是一名美国记者，1936 年 6 月至 10 月，他有幸到了中国陕甘宁边区采访，见到了毛泽东、周恩来等中共领导人，并与他们进行了多次长时间的会谈。此外，斯诺还深入红军战士和老百姓当中，口问手写，对苏区人民生活、地方政治改革、民情民俗，都进行了广泛深入地调查。

当年10月底，斯诺带着这些采访资料离开延安，回到北平，埋头几个月，用优美的纪实手法写下了这部不朽名著《红星照耀中国》。

该书向全世界报道了中国革命和中国共产党、中国红军及许多红军领袖的情况。通过这本书，世界才真正认识了中国革命和中国共产党，认识了毛泽东、周恩来等一批可爱可敬的中共领袖，认识了艰苦而又辉煌的二万五千里长征……

史迪威第一次读这本书时，就被深深震撼了，他相信罗斯福也不例外。

果然，罗斯福接着说："看来，我在同中国的两个政府打交道，应该继续下去，直到把他们合在一起。"

史迪威知道，罗斯福的这句话实际上表明，他已经承认中国除了有蒋介石领导的国民党政府之外，还有一个由毛泽东领导的人民政府。

史迪威高兴地说："总统的话我明白，而且我很敬佩您的远见，但有一点我与您不同，指望这位蒋先生统一中国，不可能。但是中国会统一，会由他们统一。"

罗斯福饶有兴趣地追问："谁？"

史迪威拿起放在罗斯福身边的那本书："可能是这个人……"

第二天，蒋介石下榻的别墅的窗外传来飞机的轰鸣声。

那是一架侦察机，而且从标志可以看出，它属于纳粹德国。

侦察机缓慢地飞过开罗上空，似乎还不舍得离去。就在这时，几架英国飞机急速追了过来。

八

埃及的米纳饭店坐落在胡夫金字塔脚下，三面被绿色植物环绕。远望去，阳光下的金字塔巍峨雄伟，犹在眼前。云雾里的森林，在轻风的吹拂下像奔腾的绿浪，气象万千。

黄色的饭店低调中透着奢华，具有重大历史意义的开罗会议，就将在这这里隆重召开。

饭店周围严阵以待的高炮及转动的雷达，时时在提醒着人们，这是在战争进行中的会议。

会议厅里，中方代表有蒋介石、商震、史迪威、王宠惠；英方代表有丘吉尔首相、蒙巴顿勋爵、艾登外相、贾德干次相；美方代表有罗斯福总统、马歇尔将军等。

罗斯福致辞："今天的开幕式虽然很简单，但此次会议为历史性会议，因为这是英、美、苏、中在莫斯科会议达成的《四国宣言》的具体化，将影响今后几十年。"

人们一起为他鼓掌。

罗斯福继续说："同时作为大会主席，我认为我可以代表英国盟友，欢迎蒋委员长和他的夫人。"

人们又是一阵掌声。

蒋介石和宋美龄点头示意。

罗斯福说:“感谢一切能赶到这里开会的人，我首先要感谢我自己，为了能参加这次会议，我从美国国土出发，旅行了六千英里，我相信这是一次极其重要的会议，不仅对我们当代的人民，而且对我们的子孙后代能否生活在和平的世界里，都是关系重大的，如果因为距离问题而不举行这次会议，对于后代来讲，那将是一个悲剧。”

坐在史迪威旁边的商震，低声地问道:“罗斯福总统好像是暗指什么?”

史迪威解释说:“斯大林借口路远不想来这里，其实他是不想见蒋介石。这次会议后，英、美、苏还要在德黑兰再开一个会。”

罗斯福继续讲着:“还要说明一点，十分感谢那个前海军人员的精心安排……”

商震再一次问史迪威:“他指谁?”

史迪威知道，丘吉尔之前曾经出任海军大臣，所以后来他经常以“前海军人员”称呼自己，甚至在一些私人信件、重要文件上，他都用“前海军人员”署名。

听到商震问自己，史迪威微笑着解释道:“丘吉尔为自己起的代号。”

罗斯福问:“不知道蒋先生和夫人对那位前海军人员的安排是否满意，我是相当的满意。好了，让我们进行重要的议程吧。”

蒋介石在微笑。

人们给罗斯福以热烈的掌声……

这里召丌的是三国参谋联席会议。

此时，英国将军蒙巴顿在报告反攻缅甸的计划，他铿锵有力地说:“我们计划 1944 年 1 月的中旬，中国军队向缅甸北部，英军向缅甸西部同时进攻，英国将在印度洋组建一支由 5 艘现代化主力舰，4 艘重型装甲巡洋舰，12 艘辅助船组成的舰队。预期在 1944 年 4 月收复北缅。”

会场一下子静了下来。

蒋介石发言：“蒙巴顿将军的计划，是要陆军先行动。我的意见是，如果海军未集中，而陆军先集中，坦白地说胜算不大。”

蒋介石环顾了一下四周，继续说：“众所周知，我们的敌人是不会轻易放弃缅甸的，如果敌人在缅甸失败，则在华南、华中皆将不守，我们看到，时至今天，敌人生命悠关的战场有三处：一为缅甸，二为华北，三为东北。可见缅甸有多么重要。为此，我的意见，陆军、海军必须同时行动。”

蒋介石的话令罗斯福刮目相看，联想到之前史迪威多次在言论中贬低蒋介石，罗斯福看了史迪威一眼，好像在说：“我怎么没有感到这个人是个草包？”

九

会议正在进行，会议之外的宋美龄，正在她住的别墅露台上招待她的客人：美国总统的儿子詹姆斯·罗斯福，丘吉尔首相的女儿玛丽。

玛丽穿着一身漂亮的英国海军的军装，比起小罗斯福来，她显得十分机智和活跃。

聊天中，玛丽突然提出了一个问题："古埃及，是几大古国之一，它对人类的贡献不会就只是这个金字塔吧？"

宋美龄回答："当然不是，比方说阿拉伯数字。"

詹姆斯感兴趣地问："阿拉伯数字？"

宋美龄回答："这可是一个伟大的贡献，比方说丘吉尔首相手上有多少架飞机，罗斯福总统哪一天将在欧洲开辟战场，中国人民进行了多少年的对日作战，这些都是靠阿拉伯数字记录的。"

玛丽听懂了这个中国女人的话，她会心地笑了。

在詹姆斯眼里，中国是神秘的，趁这个机会，他对宋美龄说："夫人，我很想听您说说中国。"

对于詹姆斯的这个问题，宋美龄更想多谈一下，但一时间又不知道该从何谈起，她深深出了一口气："中国……对世界而言中国很神秘，也很大……"

玛丽谨慎地问："不好意思，中国现在还那么大吗？"

宋美龄敏锐地说："你是说有一部分被日本人占去了？那是要还的。"

玛丽问：“你们那么自信？”

宋美龄笑了，这是她又一次的朗声大笑：“如果我们不自信，你的父亲，他的父亲，能请我们来这里共同商量世界大事吗？”

玛丽一时无语。

宋美龄把身子转向詹姆斯，高兴地说：“对了，我们还有很大的草原，你可以到中国去办一个牧场，我们借给你一块儿地方，就像当年借给他们九龙一样……”

玛丽耸了一下肩头……

夜晚的米纳饭店宴会厅灯火通明，高朋满座。

罗斯福和蒋介石在低声谈着什么，但蒋介石的目光一直看着不远处的有些不太高兴的丘吉尔。

罗斯福说：“我想了一下才搞明白，这位前海军人员为什么表现出不高兴，本来这次会议是本着欧洲战场优先的原则，先研究‘霸王行动’，然后再研究中国问题，我打乱了这个顺序，所以……”

对于这次“霸王行动”，蒋介石也是有所耳闻的。

其实，这个“霸王行动”已经筹划很久了，早在 1941 年德军入侵苏联时，苏联进行了艰苦卓绝的卫国战争。次年，罗斯福和丘吉尔就决定，由美国和英国开辟第二战场，以减轻苏联的负担。只是这一计划因为种种原因一直被搁置，直到 1943 年才再次被提及。

1943 年 8 月，英美在魁北克会议上，正式批准了“霸王行动”计划。

当年 11 月，英美在德黑兰会议上确定将于 1944 年 5 月，正式发动“霸王行动”。

在这次开罗会议上，英美还将讨论“霸王行动”的其他一些细节，比如任命美军将领艾森豪威尔为盟军总司令，英国将领蒙哥马利为地面部队总指挥。执行这次行动以后，就是被后人所熟知的“诺曼底登陆”。

尽管当时“霸王行动”还没有实施，但蒋介石对这次行动的意义还是很清楚的，也是很看重的。

但看重的未必一定要先谈，这只是一个先后顺序问题，丘吉尔就为此而不太高兴，这未免有些小题大做了。所以，听了罗斯福的话之后，蒋介石略带讥讽地说：“谁先谁后有那么重要吗？在我们中国，后研究的问题往往才是重要的。”

罗斯福无奈地说：“你们是东方……”

蒋介石继续说：“还有关于宣言草案中提到的，战后，日本必须归还占领的中国领土。当然日本必须归还，脱离日本之统治。日本归还后，谁管？那是中国的领土。”

罗斯福承诺：“你放心，我会说服他。”

蒋介石不语。

这时，丘吉尔向这边走了过来。

蒋介石说：“首相阁下，今天你在会上说，出于保密，英国海军的事情要和我面谈，明天你们研究欧洲战场的问题，后天会议就要结束了，不知我们何时谈为好。”

丘吉尔有些傲慢地说：“我一定抽时间。”

第二天清晨，蒋介石和宋美龄在露台上聊天。

蒋介石感慨地说：“到了这里，才感到大英帝国世界地位的真实存在，亚非两洲很多国家都臣服于他们，听命于他们，可见一斑。尽管三个国家坐在一起，可在丘吉尔眼里，中国不是大国。别看他们把反攻缅甸的计划说得天花乱坠，我可以肯定的说，那是一纸空文，英国决不会牺牲丝毫之利益以济他人。"

宋美龄不想让蒋介石一大早就陷入不好的情绪中，她想让蒋介石能够养足精神，好参加白天的会议。于是，她提议："怎么样，我陪你出去转转。"

蒋介石无奈地说："不去了，今天他们研究欧洲战场，明天研究宣言草案，我得想想还有什么话要说。"

就在这时，商震带着石剑峰进来，他轻呼了一声："校长。"

看到石剑峰这个情报专家进来，蒋介石就明白一定有事，他问："有情况？"

石剑峰回答："日本本土与埃及的使馆电报往来增多，特高课万能杀手到了开罗。"

与此同时，在米纳饭店的一个高级会议室里，几个国家的代表在商谈宣言的讨论稿，我们可以看到年迈的王宠惠也在其中。这一次，他面对的主要谈判对手是英国代表贾德干。

和王宠惠一样，贾德干也不算年轻了，也具有丰富的外交经验。贵族出身的他，早在二十多岁就进入外交界任职，1934 年他还曾被派到中国，担任英国驻华特命全权公使。

在外交领域，贾德干长袖善舞，在华期间，他与军事委员长蒋介石、行政院长汪精卫、财政部长孔祥熙等中方政要建立了不错的私人关系。

在长期的外交生涯中，贾德干历练得处事干练，注重实际，加之又熟悉中国，所以，在开罗会议期间与贾德干的多次谈判中，王宠惠花费了不少心力。

现在，谈判逐渐接近尾声，英国代表贾德干在读《开罗宣言》草稿："三国军事方面人员，对三国共同对敌作战，已经取得一致意见……"

另一方面，在开罗会议顺利召开的同时，德国东普鲁士的拉斯腾堡却是另外一番景象。

戈林再一次来到希特勒喜欢的“狼穴”，将几张照片放到希特勒面前。

戈林对希特勒说：“‘威名号’巡洋舰，高炮旅，美国总统一个星期没有在美国本土露面。开罗的中国大使馆异常繁忙，所有的这些，证明了一个问题，那就是同盟国在开罗聚首。”

希特勒一怔。

戈林大声说：“我的元首，我也不相信这种推论的准确性，但是，我想做一次远程奔袭，把开罗当一次靶场倒也无伤大局。”

希特勒被戈林说服了，他深沉地回答：“好。”

戈林请示道：“我的元首，我想用您的电话。”

希特勒回答：“好。”

戈林抓起电话，急迫地说：“给我接空军参谋长冯福莱克将军。”

德国柏林的空军司令部参谋长办公室，空军参谋长冯福莱克的电话一直在响着，但是没人接，因为房间里空无一人。

隔壁的房子里，军装和女人的胸罩扔了一地，将军正在和女秘书偷欢，两个人的呼叫声比电话声大多了。

十一

开罗会议接近尾声，几国代表还在米纳饭店的高级会议室讨论《开罗宣言》的稿子。

英国代表贾德干说："剥夺日本自从一九一四年第一次世界大战开战后，在太平洋上所夺得或占领之一切岛屿，在使日本所窃取于中国之领土，归还中国……"

贾德干的话还没有说完，中方代表王宠惠说："这里的表述是不准确的，日本窃取于中国之领土，说的是哪里？应当有具体所指，这里包括东北四省，台湾、澎湖列岛等。"

英国代表贾德干不满地咕哝道："这不一样吗？"

具有丰富外交经验的王宠惠知道，这肯定不一样，一切有关领土的表述不能太笼统，必须要准确具体。否则，时过境迁之后，这个问题就可能引起争议，古今中外因为表述不准确最后产生争议，甚至演变为战争的事例太多了。

所以，王宠惠斩钉截铁地回答："不一样。"

美国代表哈里曼说："按王先生说的写。"

英国代表贾德干表示："对不起，我得问一下我的主人。"说完，他拿着稿子走了出去。

美国代表无奈地耸了一下肩膀。

英国次相贾德干回到会议室。别人的目光全部聚焦到他身上，他就像没有发现一样，一个人慢条斯理地坐好，半天说了一句："可以改。"

王宠惠较真儿地说："再念一遍。"

英国次相贾德干耸动一下肩头，用不耐烦的声音念道："剥夺日本自从一九一四年第一次世界大战开始以后，在太平洋上所夺得或占领之一切岛屿，在使日本所窃取于中国之领土，例如东北四省、台湾、澎湖列岛等，归还中国。"

一旁美国代表哈里曼问王宠惠："还有问题吗？"

王宠惠说："归还中国也不准确，现在有一个伪满洲国，也号称中国，还有一个卖国的汪精卫也说代表中国，准确的应写：归还中华民国。”

英国次相贾德干这次倒很爽快，他果断地说：“那就按王先生说的改。”

这一次，轮到哈里曼犹豫了，他打断了贾德干，说：“不，我也要请示。”

王宠惠一怔，无奈地摇头……

十二

当天午后，开罗会议召开最后一次会议，参加会议的有：中方代表蒋介石、商震、史迪威、国防最高委员会秘书长王宠惠。

英方代表首相丘吉尔、英国皇家陆军参谋长艾伦·布鲁克，蒙巴顿勋爵、艾登外相、次相贾德干。

美方代表总统罗斯福，欧内斯特·金海军上将、马歇尔陆军参谋长、联席会议主席及罗斯福的顾问哈利·霍普金斯。

罗斯福发言：“就要宣读《开罗宣言》草案了，大家还有什么要补充的？”

蒋介石看看宋美龄不语。

罗斯福说：“应将战后中国收回香港写进宣言。”

罗斯福的这个提议令蒋介石十分意外，因为这直接涉及美国盟友英国的利益。

丘吉尔没有马上反驳，过了一会儿，他不动声色地说：“我想有必要解读一下我们这次战争的目的，我们要消灭的是法西斯主义，而不是殖民主义。”

蒋介石刚要说什么，罗斯福马上接话："殖民主义是一个时代的命题，我们是在解决现实问题。"

丘吉尔不满地说："我觉得总统先生有些倾向中国。"

罗斯福笑着说："是的，因为他们在东方战场上为反法西斯战争付出了巨大的代价。假如没有中国，假如中国被打垮了，你想一想要有多少个师的日本兵可以调到其他方面来作战？他们可以打下澳洲，打下印度——他们可以毫不费力地把这些地方打下来，他们可以一直冲向欧洲中东，和德国配合起来，举行一个大规模的突击。"

停顿了一下，罗斯福继续说："可以告诉大家，就在蒋先生在这里开会的时候，中国的湖南常德，正在反击日军。中国的空军正在轰炸台湾的新竹机场，并炸毁四十七架日机。中共的部队取得了山东反扫荡的成功……"

众人鼓掌。

丘吉尔无语，但脸色很不好看。

罗斯福犹豫了一下，随后只好无奈地说："好吧，既然殖民主义是一个时代的命题，也许我们要等那个时代到来后才能解决，那香港问题就先不写进去。"

会议继续进行，罗斯福对蒙巴顿说："勋爵先生，你读吧，你的声音真好听。"

这位维多利亚女王的曾外孙，开始用他洪亮的声音读了起来："我三大盟国此次进行战争之目的，在于制止及惩罚日本之侵略，三国绝不为己图利，亦无拓展领土之意思。三国之宗旨，在剥夺日本自从 1914 年第一次世界大战开始以后，在太平洋上所夺得或占领之一切岛屿，在使日本所窃取于中国之领土，例如东北四省、台湾、澎湖列岛等，归还中华民国……我三大盟国抱定上述之各项目标，与其他对日作战之联合国家的目标一致，将坚持进行为获得日本无条件投降所必要的重大长期作战。"

随即，会场响起了经久不息的热烈的掌声。

人们从大厅里走出。

院子里已经站了很多人。

罗斯福提议：“怎么样，我们照张相吧？”

丘吉尔赞同：“很好。”

罗斯福再次提议：“蒋先生坐在中间吧。”

蒋介石连忙说：“不，罗斯福总统在中间。”

他们在谦让着。

罗斯福提议：“如果我坐中间，有一个条件，那么请蒋夫人也坐上来。”

一旁的丘吉尔回答：“这个可以。”

于是，照片位次：蒋介石为右，罗斯福居二，丘吉尔为三，宋美龄为四。

闪光灯一闪，那张具有历史意义的照片定格。

十三

纳粹德国并没有放弃最后的挣扎，德国空军机群在开罗上空飞行。

传出德军飞行员德语的对话。

“看见了。”

“金字塔。”

“几个土堆。”

“那个米纳饭店就在土堆旁……”

机群开始投弹。

航空弹像雨点一样落下，金字塔陷入一片火海。

降落伞像一朵朵白云向大地飘去。

一个德军伞兵着陆，他拾起一个残骸，大叫着：“上当了，这是防空伪装。”

声音未落，从地下掩体中冒出了英军空军特勤队的特种兵。

很快，这群刚刚落地的德国兵一一被击中。

空中，又一个机群出现，这是英国的，德国轰炸机成了英国空军的猎物。

在宁静的开罗机场，“美龄号”安静地停在那里。

飞机上，宋美龄问商震：“直飞中国？”

商震回答：“夫人，石剑峰得到情报，日本的航空团和特工已经有了准备，我们改飞印度。”

宋美龄微笑着说：“也好，去印度看看我们的远征军，中国远征军。”

商震回答：“是。”

宋美龄又问：“怎么没见王宠惠？”

商震对宋美龄低语。

听完商震的话之后，宋美龄站起身，向后舱走来。

王宠惠睡在座位上，早已经人事不省。

商震解释说：“喝多了，从没见他喝过这么多酒，喝糊涂了……”

宋美龄想到王宠惠在开罗会议期间的卓越表现，心里非常感动。眼前这个人可能是在议论激烈的谈判结束之后，选择用酒来放松一下吧？又或者他喝酒时在庆祝中方在开罗会议的胜利？

开罗会议太值得庆祝了，首先它是自鸦片战争以来的一百多年中，中国第一次以世界大国的身份参加的会议，它提高了中国的国际威望，至此中国跻身于世界四大强国之列。

其次，开罗会议和《开罗宣言》为战后中国领土的完整奠定了基础，据此，中国不仅可以名正言顺地收回被日本侵占的大陆领土，还可以收回在1895年甲午海战中，日本从中国窃取的台湾和澎湖列岛。

其三，开罗会议和《开罗宣言》为结束战争和战后如何处置日本提供了依据。《开罗宣言》中明确提出“将坚持进行为获得日本无条件投降所必要之重大的长期作战”，这也就是向世界宣布，结束战争的唯一条件就是日本无条件投降。

宋美龄也清楚，中国能够在这次会议上取得如此大的成就，付出的代价是巨大的：自“九一八事变”以来，无数的中华儿女，前赴后继，不怕牺牲，英勇抗击日本法西斯，接连发动了淞沪会战、徐州会战、武汉会战、百团大战、常德会战……英勇的中华儿女用鲜血阻止了日军的进攻，粉碎了日军快速灭亡中国的企图，让日军陷入了战争的泥潭，牵制了大量日本军力，这也为其他同盟国的反法西斯斗争创造了良好的条件。

也正因如此，傲慢的英国和讲究实用主义的美国，才在这次会议上接纳了中国，肯定了中国，成全了中国。所以，中国在开罗会议上的胜利，实际上也是世界人民对中国在抗日战争中做出杰出贡献的一种肯定！

想到这些，宋美龄的眼眶湿润了，一股幸福的暖流在她心中缓缓流动。看着醉得不省人事的王宠惠，宋美龄淡淡一笑：“这是最清醒的中国人。”

飞机满载着荣誉，呼啸着冲上蓝天。

第九章

黎明即将到来

毛泽东在致《两个中国之命运》的开幕词中说：“在中国人民面前摆着两条道路，光明的路和黑暗的路；有两种中国之命运，光明的中国之命运和黑暗的中国之命运。我们的任务不是别的，就是放手发动群众，壮大人民的力量，团结全国一切可以团结的力量，在我们党领导下，为着打败日本侵略者，建设一个光明的新中国，建设一个独立的，自由的，民主的，统一的，富强的新中国而奋斗。我们应当用全力去争取光明的前途和光明的命运。”

一

冬日的重庆异常寒冷，身穿厚棉装，披着皮大衣的史迪威来拜访宋庆龄。

宋庆龄依然是那么优雅端庄，她为史迪威倒茶。寒暄之后，两个人的谈话开始了。

显然，史迪威的这次拜访，不是一次简单的私人拜访，而是带着罗斯福总统所交代的任务的，那就是美国将派出一个考察团到延安考察。

看到美国人对延安如此感兴趣，宋庆龄说："将军，真诚地感谢美国人民对中国共产党的理解。我一定转告中共的毛泽东。"

史迪威说："总统说，他将很快派出一个考察团到延安。"

宋庆龄说："这个考察团一定会受到延安人民的欢迎。"

史迪威进一步表示："我也想去延安。"

宋庆龄回答："如果有可能，我陪将军去。对了，《开罗宣言》什么时候公布？"

史迪威说："1943 年 12 月 3 日，《开罗宣言》同时在中国重庆、美国华盛顿、英国伦敦公布。"

在重庆朝天门码头，一群儿童每人拿着一个大锣，边敲边喊："开罗，开罗……"

后边一群孩子在发放由《新华日报》出版的号外。

所谓“号外”，是指定期出版的报刊，在前一期已经出版，下一期尚未出版的这段时间内，对发生的重大新闻和特殊事件，为迅速及时地向读者报道而临时编印的报刊，因为不列入原有的编号，故有此名。

新华社用“号外”的形式，刊登出《开罗宣言》的消息，足见对此消息的重视。

街头聚集了很多人，石念华在发放报纸，石忆樱坐在一个鸽子笼边看热闹。

很多社会名流也走上街头庆祝这一伟大时刻，宋庆龄、宋霭龄、邓颖超、李德全、王安娜及邵力子夫人、吴国祯夫人等也在其中。

她们和孩子一起高呼着：“《新华日报》、《开罗宣言》……”

就在这时，远处传来防空警报声，周围的人立即四下散去。

唯有这一群人一动不动。

日军飞机临空，年龄尚小的石忆樱被吓得呆在那里，哥哥石念华勇敢地向忆樱跑去。

一架日军飞机低空飞来，红红的日本太阳军徽十分醒目。

石念华朝着向石忆樱飞来的日机用日语大声高叫着：“我妈妈是日本人，我妈妈是日本人。”

然而，日军听不到这些，他们扫射了。

石念华扑在了妹妹的身上……

宋庆龄跑过来将孩子扶起，并从孩子手中接过最后一把号外，撒向天空，并高声喊着：“《新华日报》、《开罗宣言》……”

轰炸结束了，日军飞机飞走了，重庆街头一切又平静下来。

江户英子含着泪水，抱着受伤的念华。

儿子石念华天真地说：“妈妈，我对飞机用日语喊，‘我妈妈是日本人，’他们可能没听到……”

江户英子痛苦地摇着头。

石念华永远地闭上了他那双天真可爱的眼睛……

二

蔚蓝的天空中，一个飞机机群突然临空。那是中美空军机群，它们奉命把中国陆军第 14 师空运到印度，准备参加对缅北的反攻。

当时的背景是，上次在缅甸的战事失利以后，部分中国远征军退到印度，在史迪威的指导下，于 1942 年 8 月被改编为中国驻印军。

改编之后，利用美援物资，部队配备全副美式装备，部队战斗力大大提高。

在中国国内方面，鉴于缅甸的重要性，国民政府也在积极酝酿反攻缅甸，为此，在滇西重新组建并整训了第二批远征军，严阵以待，随时准备与英美协同反攻缅甸。

1943 年 10 月，为配合中国战场及太平洋战区的战争形势，中国驻印军制定了反攻缅北的计划，打算从印缅边境小镇利多出发，跨越印缅边境，突破胡康河谷和孟拱河谷，夺取缅北军事要地密支那，最终联通云南境内的滇缅公路。

1944 年 3 月，我驻印军占领孟关，消灭了日军最精锐的部队第 18 师团主力，继而又乘胜追击，一鼓作气，攻占缅北孟拱。

在中国驻印军在缅北攻城略地之时，为了配合驻印军作战，中国方面决定把中国陆军第 14 师和新 30 师、第 50 师，先后运转至缅甸密支那，随时对那里的日军发动进攻。

强大的飞机机群开始爬坡，很快它们飞越喜马拉雅山，向异国他乡的战场飞去。它们将在那里，用青春和激情，用鲜血和生命，书写一曲慷慨悲壮的抗日壮歌！

三

1944 年 6 月 6 日凌晨，法国北部的诺曼底海滩，天气晴好，空气清新，整个海滩都沉浸在清晨的寂静之中。

然而，很快这里的寂静就被打破了，因为正有大批的盟军越过英吉利海霞，一场震惊世界的诺曼底登陆，将在这里上演。

当然，这次登陆行动也是开罗会议内容的一部分，当时已经为这次行动选择好了盟军总司令和地面部队总指挥。

本来这次行动定于 5 月进行，但为了准备充足的登陆舰艇，英美决定将登陆行动推迟到 6 月初。

6 月 6 日，由美国、英国、自由法国、加拿大等多国组成的 39 个师约 288 万人，开始实施登陆。

诺曼底登陆虽然打得十分艰苦，但还是取得了最终的胜利。这次登陆战役是到目前为止世界上最大的一次海上登陆作战，它的成功为盟军开辟了欧洲第二战场，从而加速了德国法西斯的灭亡。

在中国战场，战争的形势开始扭转。1944 年 6 月的一个夜晚，在江苏如东县南坎的据点，炮声隆隆，枪声不断，新四军已经进攻到了据点外。

对据点的总攻开始了，就在这时，一个日军中队前来增援，他们狡猾地绕过新四军的警戒圈，在新四军主攻部队的背后向新四军猛烈射击。许多英勇的新四军士兵倒在了血泊中。

新四军实施反突击，调转枪口，很快将这一股日军击退。

就在这时，新四军又有一个团及时赶到，双方激战半小时，终于将敌军增援全部歼灭。

在解决增援日军的同时，对据点的进攻也在进行。在夜色的掩护下，碉堡内日军向外猛射，我英勇的新四军采用火攻予以还击，战斗异常激烈。

新四军接连攻克敌军 4 个碉堡，最后集中火力、兵力，攻击据守在据点核心阵地的日军，最后，新四军用炮轰终于锁定了胜局。

该战斗就是新四军所发动的南坎战斗。它是1944年中国共产党领导的武装力量进行大反攻时，所发动的诸多战斗中的一个。

其实，从1944年大反攻开始，到1945年5月13日，类似南坎战斗这样的战斗，中国共产党领导的武装力量发动了很多起。经过这些战斗，中国共产党成功从日寇手中解放县城66座：阜宁、武康、德青、嘉山、泗阳、阜平、肃宁、灵邱、平顺、左权、寿阳、海阳、利津、沂水……

四

随着开罗会议的举行和《开罗宣言》的发表，法西斯势力被正义力量所威慑，开始战战兢兢。

在日本东京，一场毫无生气的内阁会议正在举行，灰心丧气的东条英机，走到被认为是日本天皇的谋士和替身的木户幸一侯爵身边，交给了他几页纸。那是东条英机的首相辞职书。

东条英机为何要辞职呢？

原来，日本发动的这场战争不仅给别国带来了巨大的灾难，日本国家内部也已经被这场战争耗空了，所以东条英机的这个首相并不那么好做。

刚上台时，身兼首相、陆相、内相的东条英机，为了钳制人民思想，他在日本推行了恐怖的宪兵统治。

担任首相期间，东条英机还有一个爱好，就是检查垃圾箱和垃圾桶，看看有没有人吃大鱼大肉，因为在国家极度困难的时刻，吃大鱼大肉是极端奢侈的。

军事参议官西尾寿造大将在一次回答记者提问时，随口说了一句：“这个事情我不知道，你去问那个每天早上翻垃圾箱的家伙吧，他知道。”

“每天早上翻垃圾箱的家伙”指的当然就是东条英机。知道这件事之后，心胸狭窄的东条英机直接把这位大将编入预备役。

东条英机的宪兵政治，独裁狭隘，加上他不断鼓吹的战争让资源本来就十分贫乏的日本更是雪上加霜，造成日本国内民众对日本当局十分不满，于是，日本高层纷纷倒戈，抛弃了东条英机。

绝望之中，东条英机不惜降低身份，拜访了老对头石原莞尔。这位老对头直截了当地说：“从一开始就知道你不具备指导战争的能力，这样下去日本会亡国，所以请尽快辞去内阁总理的职务。”

为了摆脱被动局面，东条英机孤注一掷，于1944年1月发动了“一号作战”计划，命令在华日军打通纵贯大陆的平汉、粤汉和湘桂铁路交通线，企图摆脱美国海军的封锁，使困于南洋的日军得到补给。

东条英机发动的这场战役，被中国称为是豫湘桂战役，它被认为是日本法西斯失败前的最后一搏。

在这场战役中，日军的进攻确实异常猛烈，在8个月的战斗中，国民政府有50多万正规军被击溃，140座城市沦陷。

战争达到了预期的效果，东条英机追求的大陆交通线打通了，但此时的日军实力早已今非昔比，因为他们已经没有足够的能力来巩固这条来之不易的交通线了。

福无双至，祸不单行。就在日军忙着发动豫湘桂战役时，美军发动了对马里亚纳群岛的攻击，日本联合舰队再次遭遇重创，日本陆军飞机损失殆尽，太平洋舰队司令南云忠一剖腹自杀。

战争的接连失利，终于让天皇失去了对东条英机的信任。他被迫辞去首相职位，并陆续辞去陆军大臣、内务大臣、军需大臣等职务，转入预备役。

一个由东条英机主导的时代，就这样结束了。

五

1944 年 11 月 7 日，在日本东京的巢鸭监狱，左尔格被宪兵带出，这位昔日的柏林大学高材生，虽然经历了日本宪兵队的种种酷刑，现在却依然举止高雅，气度雍容。

左尔格知道自己的大限将至，他看着天空许久，默默地说了一句："今天是我的节日，十月革命胜利 27 周年，这是有意义的一天，苏联万岁，红军万岁……"

就这样，这位为苏联提供过许多重要情报的德国人，被誉为"最有胆识的间谍"的左尔格，在东京被秘密绞死。

夜幕深沉，日本裕仁天皇正在和几个人密谋着什么。

东条英机辞职后，由谁来担任首相，成为天皇和日本高层较为头疼的问题。

考虑到战时条件下，日本首相必须由军人担任，他们把陆军高级将领讨论了一遍，发现有些威望和能力的陆军将领几乎都在前线，总不能让他们从前线回来担任首相吧。

讨论了很久，一个名字——小矶国昭突然引起了大家的重视。

小矶国昭于 1898 年出生，此时 40 多岁正当壮年。因为长相像老虎，又长期在朝鲜任职，外界称呼他为“朝鲜之虎”。

日本高层发现，早在十多年前，小矶国昭就在日军参谋本部和陆军省任职过，退役之后又担任过两届国务大臣，可见其能文能武，于是天皇和日本高层开始青睐小矶国昭。

就这样，46岁的小矶国昭接替东条英机，成为日本第41任内阁总理。

然而，受到天皇和日本高层青睐的小矶国昭，上台之后才发现，自己的这个首相并不好做：一方面，日本战局每况愈下，作为首相自然要遭遇各方指责；另一方面，小矶国昭虽然之前曾经官至陆军大将，但他属于预备役，不能像东条英机那样代表陆军。

在他就任首相之后，日军参谋总长梅津美治郎大将不让他插手自己的地盘，参谋次长秦彦三郎中将甚至公开对小矶国昭说：“不懂现代用兵之法的总理，对作战别开口，好不好？”

因为小矶国昭无法控制局势，所以外界对他的评价是“空投首相”。让这种人做首相，对日本是不利的，但对于反法西斯国家来说，无疑是有利的。

六

1945年4月12日，罗斯福坐在他的房间里，他在看他收集的邮票，他下意识地从口袋里取出一个皮夹子，又下意识地把皮夹子里的征兵证书取出，扔在一个纸篓里。

一个画家正在给他画像，他一直为画家保持着一种坐姿。

突然，他呻吟了一下："我的心灵呼唤我回到哈德逊河畔的老家去……"

不一会儿，他就去世了。

白宫在下午5时48分发了讣告，很快副总统杜鲁门宣誓就任总统。

就这样，为了本民族和世界和平作出重大贡献的罗斯福总统，因为脑溢血，在反法西斯胜利前夕猝然死去，享年63岁。

白宫降下了半旗，这是自1923年哈丁总统去世以来，第一次悼念一位在职去世的总统。当罗斯福去世的消息传出时，华盛顿的许多男女老少含泪聚集在白宫外、街道边和广场上，默默为这位伟大的总统默哀。

关于罗斯福的贡献，参议员塔夫脱在其所致的参议院献词中说："我们时代最伟大的人，他是作为这场战争的英雄死去的，他的的确确做到了为美国人民战斗到生命的最后一息。"

因为之前中国国民政府曾经宣布，重庆重要机关下半旗，所以现在南开小学也降下了半旗。

国旗下，63个中国孩子象征着罗斯福的享年。孩子的后边站着一群女性，她们是宋霭龄、宋庆龄、宋美龄、邓颖超、李德全、王安娜及邵力子夫人、吴国祯夫人等。

她们与孩子们一起在背诵一封信："我以美利坚合众国人民的名义致书重庆，以表达我们对英勇的重庆市民的敬意，还在全世界人民未了解空袭恐怖之前，贵市人民就已经在多次残暴的空袭面前，表现出了坚毅镇定、英勇不屈的精神，这光荣地证明了，决心争取自由的人民，其意志是绝非暴力恐怖所能摧毁的，你们对自由事业的忠诚，将永远鼓舞子孙后代。富兰克林·德拉诺·罗斯福，1944年5月17日。"

63个孩子的童声，在南开小学的上空回荡。

七

在反法西斯战争和抗日战争曙光初露的时刻，在延安的黄河边，毛泽东和两个小八路在说着什么，毛泽东认真地说着，两个小八路认真地听着，毛泽东也许在说：“世界是你们的……”

延安杨家岭的中央大礼堂是为筹备中共七大而专门筹建的，整座建筑由建筑专家杨作材设计、中央机关同志亲自动手修建，历时四个月修建而成。

整座建筑造型别致，从空中看，就像一顶红军的八角帽。大礼堂的大门上方有“中央政府大礼堂”七个楷书大字。

这座大礼堂楼上楼下可容纳2000人，大厅修建得也特别有特点：一是门多，便于疏散；二是视线好，无论坐在大厅的哪个位置，都可以看见主席台；三是回音效果好，不用麦克风，听众都可以清晰听到台上的讲话。

1945年4月23日，中国共产党第七次全国代表大会即将在这座大礼堂召开。

会议开始前，主席台上悬挂着毛泽东和朱德的巨幅画像，鲜艳的党旗挂在两边。在主席台的正上方，悬挂着一条引人注目的横幅："在毛泽东的旗帜下胜利前进!"

会场后面的墙上，挂着"同心同德"四个大字。

两侧的墙上，张贴着"坚持真理""修正错误"等标语，靠墙边插有24面红旗，象征着中国共产党24年的奋斗历程。

当毛泽东、朱德、刘少奇、周恩来、任弼时等人，徐徐走上主席台上时，全体代表起立、鼓掌，掌声雷动。在庄严的《国际歌》声中，大会秘书长任弼时宣布中国共产党第七次全国代表大会开幕。

毛泽东在致《两个中国之命运》的开幕词中说："在中国人民面前摆着两条道路，光明的路和黑暗的路；有两种中国之命运，光明的中国之命运和黑暗的中国之命运。我们的任务不是别的，就是放手发动群众，壮大人民的力量，团结全国一切可以团结的力量，在我们党领导下，为着打败日本侵略者，建设一个光明的新中国建设一个独立的、自由的、民主的、统一的、富强的新中国而奋斗。我们应当用全力去争取光明的前途和光明的命运。"

在这次大会上，毛泽东作了《论联合政府》的报告，朱德作了《论解放区战争》的报告，刘少奇作了《关于修改党章的报告》，周恩来作了《论统一战线的报告》。

大会选举产生了新的中央委员会和中央领导机构，在随后召开的七届一中全会上，选举毛泽东、朱德、刘少奇、周恩来、任弼时为中央书记处书记，选举毛泽东为中央委员会、中央政治局主席。

在抗战即将取得胜利的前夕，党的“七大”吹响了向日本侵略者进攻的号角，它明确地确定了党的政治路线，即“放手发动群众，壮大人民力量，在我党的领导下，打败日本侵略者，解放全国人民，建立一个新民主主义的中国”。

这条政治路线阐明了全党全国人民的奋斗目标是打败日本侵略者，建立一个新民主主义的中国；阐明了实现这一奋斗目标，就要动手发动群众，壮大人民力量；阐明了加强党的领导是革命取得胜利的关键！

方向已经明确，方式已经确定，冲锋的号角已经吹响，中国共产党领导的八路军、新四军、华南游击队、东北抗联，将以更加斗志昂扬的精神，向垂死挣扎的日寇，发动一场气壮山河的进攻！

风在吼，马在叫，黄河在咆哮……

八

1945 年 4 月，在中国人民与世界反法西斯国家的人民联合抗争之下，反法西斯势力败局已经显现，且无可挽回。

留着一撇小胡子的希特勒气急败坏地大骂：“武装部队抛弃了我，我的将军们全是草包！”

希特勒的气急败坏是有原因的，这个早年梦想成为一名画家的人，却在“一战”之后发现了一个改变人生的机会：当时人民群众对魏玛共和国政府极为不满，强烈要求建立一个拯救德意志民族，给社会带来安定，给人民带来幸福的新政府。

在这种社会背景下，希特勒一方面为国家社会主义展开更强大的宣传，对各阶层人民不断做出符合其愿望的慷慨许诺；一方面又通过纳粹党的宣传机器，宣称该党不是一个阶级政党，而是“大众党”，并重点向中下层的中产阶级发动讨好攻势，以争取得到他们的支持。

希特勒的这种宣传，不能不打动处在绝望之中的德国人民，他们相信希特勒的诺言能够兑现，因而纷纷聚集在纳粹的旗帜下。就这样，希特勒成功地成为德国元首。

成为元首之后，希特勒一边迫害犹太人，一边又挑起了战争。在战争的最初几年，德军进展顺利，但随后德军开始遭遇了一次重大挫折，首先惨败在莫斯科城下，一年后又在斯大林格勒遭遇了决定性失败，被迫转入防御。

随着日本偷袭珍珠港，希特勒被迫向美国宣战，德军的处境变得更加糟糕。

1945 年 4 月 12 日，美国总统罗斯福逝世。希特勒得知此消息后，顿然又生出战争会出现转折的希望。

然而，到了 4 月下旬，柏林已被苏联红军包围了四分之三，这时希特勒才大梦初醒。

看到一切都要结束了，他悲哀地说：“战争打败了，我将留在柏林，只要时刻一到，我就用手枪结束我的生命。”

4 月 27 日，整个柏林完全被苏军包围起来。

4 月 28 日，希特勒的重要盟友——意大利的墨索里尼，被游击队抓获枪决。希特勒既为盟友的去世而难过，更为自己即将面临同样的遭遇而焦虑。

祸不单行，这一天他还得知，他的副手希姆莱企图同西方列强进行谈判。

一切都完了！已经绝望的希特勒，开始口授他的政治遗嘱，并于当日夜晚，与他的情妇埃娃·布劳恩正式结为夫妇。

两天后，苏军经过激战，终于攻占了国会大厦。此时，希特勒的总理府已在炮火的射程之内。

结束的时候到了，下午 3 点 30 分，希特勒回到地下室的避弹房间，开枪自杀。与此同时他的新婚妻子埃娃·布劳恩吞下了毒药。

随后，两人的尸体被侍从用军毯包上，抬至总理府的花园里，浇上汽油，在熊熊大火中化为灰烬。

希特勒死亡之后，德国的战争也基本结束。1945 年 5 月 8 日，随着德国代表在苏、美、英、法四国代表面前签署无条件投降书，代表着欧洲战场的反法西斯战争胜利结束。

九

1945 年 5 月 8 日，伦敦时间下午 3 时，丘吉尔正式发表讲话："对德战争结束了。前进大不列颠！自由的事业万岁！天佑吾王！"

当战争结束的消息为官方宣布，被压抑的感情释放出来，人们挥舞着旗帜，吹着口哨，爬上路灯柱，在街头载歌载舞。于是，伦敦街头变成了一个巨大的、欢乐的乡村游乐会。

尤其是在白金汉宫前，欢庆的人们聚集在这里，有节奏地叫喊"我们要见国王！"

国王也丝毫不掩饰自己的兴奋，他没戴帽子就同他的妻子和女儿出现在阳台上。

这是一个朴实的家庭群体，在人群高唱“他是个快乐的好伙伴，大家都这么说”，国王一家不时向人群挥手致意。

当天的一篇报道如此描写伦敦：“今晚，泛光灯和篝火照亮了首都，探照灯光束在天空舞动，船只的汽笛鸣出 V 标记的节奏声音。”

在这一天，不仅在英国伦敦，在英国的其他城市，在英国以外的其他国家，也都在庆祝这一伟大时刻……

在美国旧金山，阳光明媚，鸟语花香。

平时还算安静的旧金山，进入 1945 年 4 月的中下旬，一下子变得熙熙攘攘起来，尤其是突然出现的来自世界各国的 1800 多名记者，让那些即使不太关心政治的旧金山市民也意识到，这里即将发生一件大事——联合国创建大会将在这里召开。

与会的记者大都知道，联合国的创建经历了一个曲折漫长的过程。

早在“一战”结束时，为了促进国际和平和国际合作，根据当时的美国总统威尔逊的提议，一个国际性组织——国际联盟成立了。

国际联盟存在期间，虽然在调节国际争端、处理国际问题等方面发挥过一些作用，但它缺乏执行决议的强制力，难以发挥其应有的作用，尤其是最初倡议成立国际联盟的美国却没有加入进来，更让这个国际组织丧失了支持力量。

尤其是国际联盟没有能够阻止第二次世界大战爆发，战争爆发后，国际联盟停止了一切活动。

“二战”期间的 1941 年，澳大利亚、加拿大等国在伦敦签署了《同盟国家宣言》，提到“在战时和和平时都同其他自由人民竞选合作”，这被认为是导致建立联合国的第一步。

两个月后，美国总统罗斯福和英国首相丘吉尔，提出了一系列国际合作、维持世界和平和安全的原则，这份文件签署在“大西洋的某个地方”，所以又被称为《大西洋宪章》。

1942 年，包括中国在内的 26 国家代表，聚集在华盛顿共同商讨对付德、意、日问题。与会国家代表签署了《联合国家宣言》，以表示对《大西洋宪章》的赞成。这份文件根据罗斯福的提议，采用了“联合国”的说法。

随着反法西斯战争的胜利发展，1943 年 10 月，中、美、英、苏四国在莫斯科发表《普遍安全宣言》，提出为防止战争灾难的重演，有必要建立一个普遍性的国际组织，以维护国际和平与安全。

1945 年 2 月，雅尔塔会议上正式宣布建立一个普遍性国际组织。随后，中、苏、美、英四国分别发表公告，向全世界宣布于 1945 年 4 月 25 日在美国举行联合国大会，邀请在之前《联合国家宣言》上签字的国家和 1945 年 2 月 1 日前向敌国宣战的国家代表出席联合国大会，共同制定《联合国宪章》。

4 月 25 日，联合国创建大会如期在美国旧金山歌剧院召开，出席会议的有来自 50 个国家的 282 名正式代表。

在与会的代表中，不仅有宋子文等中国代表的身影，而且还有来自延安的中国共产党员代表——董必武。这被认为是中国共产党第一次登上重大国际政治舞台，这对提高我党的国际地位，扩大我党在国际上的影响力都具有重要意义。

这次会议的主要任务是讨论和制定《联合国宪章》，为此会议设立了四个专门委员会，中国代表团随团专家分别参加了各个委员会。

经过月两个月的紧张商讨，在各国代表的共同努力下，终于完成了 19 章、110 条共 1 万多字的《联合国宪章》的拟定工作。

6 月 25 日，旧金山歌剧院举行全体代表会议，当《联合国宪章》获得一致通过时，全场响起热烈的掌声和欢呼声，以庆祝这一历史性文件的诞生。

董必武代表中国共产党和解放区人民，亲历并见证了历史上这一具有划时代意义的神圣时刻。

第二天上午，联合国大会在旧金山退休军人纪念堂举行大会最庄严的议程——与会国代表在《联合国宪章》上签字。

按照大会商定的程序，中国代表第一个在宪章上签字。在庄严肃穆的气氛中，中国代表依次走上签字台。

在万众瞩目下，代表中国共产党的董必武也在《联合国宪章》上签上了自己的名字。这份珍贵的历史记录至今还保存在纽约的联合国总部。

就这样，在中、法、苏、英、美等国签字批准《联合国宪章》之后，联合国终于 1945 年 10 月 24 日正式成立。

联合国的成立对于加速日本投降，加强国际合作，维战后护世界和平，都具有非常重要的意义。

中国作为它的创建国之一，董必武作为中国共产党代表参与这次会议，这些注定都将载入史册。

十

波茨坦市郊有一个风景宜人的小镇——巴贝尔斯贝格，这是一个绿树环绕，湖光山色的避暑胜地。

1945 年 7 月，酷暑笼罩着整个北半球，美、苏、英三国首脑决定在这里召开一次会议，这就是历史上赫赫有名的波茨坦会议。

波茨坦会议的召开是有历史原因的，当年 2 月份召开的雅尔塔会议结束之后，世界反法西斯形势进展很快，到了 5 月 8 日，纳粹德国无条件投降，同盟国在欧洲的战争宣布结束。

为了讨论对战后德国的处置问题和解决战后欧洲问题的安排，以及争取苏联尽早对日作战，1945 年 7 月 17 日至 8 月 2 日，美、英、苏三国首脑杜鲁门、丘吉尔、斯大林聚在一起，召开了波茨坦会议。

会议进行期间的 7 月 26 日，会议通过了一项由美、英、中三国代表签署的决议——《中美英三国促令日本投降之波茨坦公告》，简称《波茨坦公告》。

《波茨坦公告》的主要内容有：盟军将给予日本以最后打击，直至停止抵抗；日本政府应立即宣布所有武装部队无条件投降；重申《开罗宣言》的条件必须实施，日本投降后其主权只限于本州、北海道、九州、四国及盟国指定的岛屿；军队必须完全解除武装；战犯交付审判等等。

8 月 8 日，苏联对日宣战，并在公告上签字，公告也成为四国对日共同宣言。

《波茨坦公告》的公布，意味着美苏也加入到对日作战中来，这无疑是敲响了日本军国主义的丧钟。

傍晚，宴会大厅里，丘吉尔正在举行招待会，席间气氛活跃，人们开怀畅饮。斯大林拿着一个菜单到每个桌子上要求签名，当他走到丘吉尔桌子旁边时。

丘吉尔微醺地问："斯大林先生，《开罗宣言》《波茨坦公告》上的签名都是具有法律效力的。不知在你的菜单上，签名有什么法律意义？"

斯大林微笑着回答："有，凡是在我的菜单上签名的，下次在东京开会时，这就是入场券。"

站在丘吉尔身旁的玛丽大声说："斯大林元帅真有气魄，连菜单都具有法律效力。"

接着，她转身对父亲说："这下，你可以放心了，看来苏联要和日本开战了……"

丘吉尔没有说话，只是微笑……

在机场，女儿玛丽陪着丘吉尔，走向候机楼。这时，丘吉尔的夫人诺索尔特，捧着鲜花迎上前去。

丘吉尔抱歉地对夫人说："对不起，我们可能回不了唐宁街10号了。"

原来，1940年丘吉尔能够成为首相，是因为前首相张伯伦因为战事不利而遭到下议院提出不信任议案，张伯伦提出辞呈，并建议由丘吉尔组阁。就这样，在纳粹德国四处挑衅的时刻，强硬的丘吉尔组建了战时内阁。

1945年德国投降后，战时内阁也必须解散，丘吉尔宣布辞职，并决定代表保守党参加竞选。

带领英国人民赢得战争的丘吉尔，本来信心满满地认为自己将赢得大选，但英国人民却抛弃了他，选择了代表工党的艾德礼。

英国人民为何如此"忘恩负义"？其实很好理解，战争期间，英国当局采用提高税收、实行商品管制等政策，以保证大量的物资为战争服务。

这种政策虽然有利于英国赢得战争，却也造成了英国人民生活水平的下降。

现在战争结束了，人民希望能够恢复到之前的高质量的生活之中，但丘吉尔所在的保守党对待改善民生和国家福利的诉求较为消极。

此外，靠战争赢得巨大声望的丘吉尔，在这次大选中把竞选重点放在外交、帝国和国防战备等方面，而经过了"二战"生活的英国人民已经从心里厌倦了这些东西。

反观共党，他们提出了实现战后和平与繁荣，注重发展民生，关注农业、住房、教育、社会保障等问题，他们为战后的英国人民营造了一个美好的生活期待。

因此，最后保守党以 197 票对 393 票败给了工党，工党领袖艾德礼成为新一任英国首相。

对于自己竞选的失败，丘吉尔引用了古希腊作家普鲁塔克的一句话：“对他们伟大领袖的无情，是一个民族伟大的标志。”

丘吉尔对诺索尔提到的“唐宁街 10 号”，位于伦敦威斯敏斯特区的唐宁街。它既是英国首相的办公场所，也是首相的官邸。丘吉尔说自己回不到“唐宁街 10 号”，也即意味着他已经不再是首相了。

虽然丘吉尔已经不再是首相，但丘吉尔在“二战”中所作的贡献，确是世人共睹的。作为妻子，诺索尔特很为有如此优秀的丈夫而自豪。看到败选之后的丘吉尔有一些落寞，她微笑着安慰道：“是的，我是来接你回家的。”

丘吉尔笑了……

美国的哈德逊河畔，草地绿茵茵的，像一块巨大的天鹅绒。

詹姆斯·罗斯福在父亲的墓前躺着，那样的随意，那样的放松，他在聊天……

他告诉墓中的父亲：“波茨坦小城发生的事情，父亲一定知道了，一切都按着您的意愿在进行，感谢您，美国人民，也包括我，和您轻松聊天的时日马上就会到来，我会一直陪着您，十年，二十年，五十年……”

十一

同时在日本东京皇宫却是另外一番萧条的景象。

长方形的桌旁，分别坐着：首相铃木、陆相阿南、海相米内、外相东乡、参谋总长梅津美治郎、海军军令部长丰田副武、厚生大臣冈田忠彦等。

在这些日本高级官员中间，坐着戴着眼镜的裕仁天皇。

新就任日本首相的铃木贯太郎，不仅没有为刚刚成为首相而喜悦，反而是愁眉不展。

这位海军出身的日本政客，和中国倒颇有些渊源。早在1894年的中日甲午海战时，时任鱼雷艇长的他，冒死乘着一个大浪，冲入北洋舰队防守严密的区域，用一枚鱼雷把当时的远东第一巨舰——定远号打沉。

由此，他名声大震，到了1925年他已经成为日本海军最高统帅。

抗战爆发前夕，已如花甲之年的铃木贯太郎从海军退役，进入日本政界，官至枢密院议长。

抗日战争进入1945年，日军风光不再，刚刚上台几个月的首相小矶国昭日子很不好过。像之前的东条英机一样，小矶国昭本希望借一次成功的战争来挽救危局，为此他把赌注压在莱特湾海战上。但这一战，日军不仅惨败，而且日本海军作为整体几乎被全歼。

病急乱投医的小矶国昭甚至打算用苏联调停，来与重庆国民政府结束战争。这项工作不仅没有取得进展，反而激怒了天皇和日本其他阁僚，于是，小矶国昭在得不到任何方面支持的情况下，仅仅任职几个月便倒台了。

小矶国昭倒台以后，79岁的海军第一元老铃木贯太郎被天皇授权组阁。

铃木贯太郎是不愿意组阁的，理由是他的信条是军人不应该干预政治，再说他已经79岁了，耳朵已经聋了，这个年龄，这个精力怎么能够领导战争时期的日本？

此外，此时距离日本投降还有四个月，战局已经不可挽回，日本的失败是迟早的事情了，已经这个岁数的人了何必再蹚这个没有好结果的浑水呢？

然而，天皇裕仁、皇太后节子都一再邀请，铃木贯太郎只好硬着头皮组阁。

刚刚组阁还没有一个月，噩耗传来：希特勒战败自杀，日本最重要的盟友德国投降了。

日本也支撑不了多久了，如今已经79岁的铃木贯太郎早已经没有了年轻时的轻狂，他非常务实地看到日本必败，这个时候他担任首相，就是尽快结束战争，收拾残局。

为此，铃木贯太郎向日本驻苏联大使佐藤发出训令，希望他委婉地请苏联政府出面调停，让日本能够体面地结束战争。

但铃木贯太郎也知道，苏联也在《波茨坦公告》上了签了字，指望它出面调停，希望是非常渺茫的。

试想，这种状态下的铃木贯太郎，虽然成了万人瞩目的首相，但他能够高兴得起来吗？

现在，中、英、美、苏发出的《波茨坦公告》就摆在了他的面前，事关日本国利益，事关日本国最后的尊严，作为首相，铃木贯太郎知道这件事非常不好办，其他人自然也有这种想法。

所以，这次内阁会议开得非常沉闷。与会的人没有一个人发言，连大声出气的都没有，会场里是死一样的沉寂。

最后，铃木贯太郎终于说出了自己的观点：拒绝接受《波茨坦公告》是不明智的。

显然，铃木贯太郎屈服了。外相东乡也支持铃木贯太郎的观点。

不知是谁把一个杯子重重地摔在地上——“砰”，会场的沉寂被打破了。

铃木贯太郎和外相东乡的观点，虽然务实，但内阁中其他几个“巨头”，陆相阿南、海相米内、参谋总长梅津美治郎等军方人士，却反对接受《波茨坦公告》。

屈从于军方的压力，79岁的铃木贯太郎在新闻界的谈话中表示：“这个宣言只不过是炒《开罗宣言》的冷饭，日本国不会重视这个宣言，只是采取‘默杀’的方法。”

所谓“默杀”，就是不予置理，默然无视，这是另一种拒绝。

既然日本选择了顽抗，就要为顽抗付出代价，在随后的几个月里，日军毫无希望地坚持着，毫无价值地牺牲着。

第十章

迎来抗战伟大胜利

反法西斯战争胜利的消息传到了延安，毛泽东站在高山之巅，他拿出纸烟，把火柴拿在手中，心声震荡乾坤：“谁划的火，就容易烧到谁的手，我们的胜利，是人民战争的胜利！而法西斯的失败，是他们发动战争那天起就注定了的！哪怕有下一次，也还是这样……”

一

一张印有铃木照片的报纸放在杜鲁门总统的办公桌上。同样是刚刚晋升国家领导人，和铃木贯太郎的沮丧不同，现在杜鲁门的心情很好。

在美国的历任总统中，杜鲁门是比较幸运的一个，因为凭他的能力，他也许不会成为美国总统，他只是运气好一点而已。

杜鲁门没有上过大学，“一战”期间，他进入部队服役。战争结束之后，他开始经营一家服装店，结果遭遇惨败，工作数年之后，他才还清经商所欠债务。

经商失败之后，靠着有黑社会背景的大佬帮助，他赢得参议员选举，开始步入政界。

1944 年罗斯福总统挑选副总统时，他感到现任副总统总统华莱士过分崇尚自由主义，另一个热门人选伯恩斯则太过保守，这时，时任民主党全国委员长的汉尼根推荐了杜鲁门。汉尼根的这次推荐，据说两人背后曾经达成过一些协议。

凭借罗斯福的巨大威望，“罗斯福—杜鲁门”组合很快赢得了大选，杜鲁门也顺理成章地成为副总统。几个月之后，罗斯福突然去世，杜鲁门由副总统晋升为总统。

现在反法西斯战争即将取得胜利，而且美国又是反法西斯同盟中实力最强的一方，作为总统，他的一言一行注定会影响未来世界格局，也注定会被载入史册，所以杜鲁门现在的心情是愉悦的。

现在，杜鲁门正在与国务卿贝尔纳斯讨论如何对付日本的问题。一旁的贝尔纳斯指着报纸，对杜鲁门说："铃木说的这个词，在《新日英辞典》中的解释有这几种意思，'不予置理'，'报出沉默的蔑视'，'默然无视'，'明智巧妙地保持缄默'。"

杜鲁门冷笑着说："我的理解，这是日本政府的断然拒绝，我想中国、英国都会这样理解。告诉战略空军司令官卡尔·斯帕茨将军，投原子弹，让日本不要再沉默了。"

杜鲁门提到的原子弹是一种利用核反应的光热辐射、冲击波和感声放射性造成杀伤和破坏作用的一种大杀伤力武器。

美国陆军从 1942 年 6 月开始，启动了旨在制造原子弹的"曼哈顿计划"。该计划集中了当时西方（除纳粹德国外）最优秀的核科学家，动员了十多万人参加，耗资 20 亿美元，历时三年，终于在 1945 年 7 月 16 日，成功地进行了世界上第一次核爆炸，并按计划制造出了两颗实用原子弹。

现在，杜鲁门终于下令，要用这两枚新研制出来的原子弹，来对付打算顽抗到底的日本。

二

不久前，美国第一颗作战原子弹被分成四个部分，由三架飞机和一艘巡洋舰分别运送到了提尼安岛，并在这里组装了起来。

1945年8月6日，轰炸任务已经下达，代号为“依诺拉·盖伊”的B-29轰炸机，已经装上了原子弹，正与两架护卫机在跑道上滑行。

“依诺拉·盖伊”在跑道上加速，在跑道还剩有几码的时候，它腾空而起，飞上静静的夜空。

8时整，飞机从高空进入广岛上空。

这时很多广岛市民并没有进入防空洞，而是在仰望美军飞机。因为在此之前，美军B-29轰炸机已经连续数天飞临日本领空进行训练，日本市民对美军轰炸机的到来已经习惯了。

很快，那架装着原子弹的美军飞机上的视准仪对准广岛一座桥的正中时，自动投弹装置启动了。

60秒后，原子弹从打开的舱门落下。这枚原子弹代号为“小男孩”，长3米，直径0.7米，内装60公斤高浓铀，重约4吨。

45秒后，原子弹在距离地面580米的空中爆炸，顿时发出令人头晕目眩的强烈的白色闪光，广岛市中心上空随即发生震耳欲聋的爆炸声。

顷刻之间，城市突然卷起巨大的蘑菇状烟云，接着竖起几百根火柱，广岛瞬间沦为焦热的火海。

在巨大冲击波的作用下，广岛市的建筑全部倒塌，全市24.5万人口中有7.8万当日死亡，死伤总数达20多万，城市化为一片废墟。

这是人类第一次将核武器用于实战，广岛也成为世界上第一座遭受原子弹轰炸的城市。

广播里正在播放美国总统杜鲁门的声明：美国、英国、中国发表了《波茨坦公告》。我们已警告日本必须无条件投降。但是，日本政府采取极其轻蔑的态度，这是不能容忍的，我们郑重宣布——1945年8月6日上午8点15分，我们在日本广岛投下了第一颗原子弹。

广岛已经被摧毁，我们还准备对第二个、第三个目标实行打击，直到日本投降。

日本内阁所有人的都面色抑郁，他们已经知道了广岛遭遇的一切，他们更为原子弹的巨大威力而吃惊。

怎么办？选择接受《波茨坦公告》吗？那是绝对不可以接受的。一旦投降，不仅日本十多年来的辛苦努力和流血牺牲全部付诸东流，而且大日本帝国的尊严何存？

投降是不可能的，但面对原子弹轰炸后，人心惶惶的日本民众，政府必须要有一个交代。

真相是不能公布的，否则将会造成更大的恐慌，于是为了掩盖真相，日本当局对外宣称有一枚陨石落在了广岛市。

日本选择这样做，一方面是因为他们认为美国只有一枚原子弹，另一方面是因为他们开始寄希望于苏联的调停。

实践证明，他们这两个希望都落空了。

三

克里姆林宫，一场授勋仪式正在进行。斯大林对被授予“苏联元帅”的华西列夫斯基说道：“美国人把他们的作用说大了，日本的失败，是他们发动战争那一天就注定了的，这一点我同意毛泽东的说法。”

看了看华西列夫斯基，斯大林继续说：“再说，战争打了这么多年，日本支撑不下去了，应当说主要的功劳是中国，这就像你拉开窗帘天要亮，不拉窗帘天也要亮。那我们就拉开窗帘。准备好，对日宣战。”

其实，苏联的准备工作很早就开始了。自雅尔塔会议之后，苏联已经向远东地区调运技术兵器和作战物资。

到了5月，纳粹德国投降以后，苏联西线的威胁已经不复存在，他们开始陆续从西线把75军队调往远东地区，使远东地区的军队达到150万，造成了对日本兵力的作战优势。

为了统一指挥这支军队，成立了远东军总部，7月30日，苏联任命华西列夫斯基为远东苏军总司令。

一切准备工作已经就绪，华西列夫斯基就等斯大林一声令下，他好在东方战场再立新功。现在终于等到了斯大林的命令，他兴奋地回答“是，斯大林同志。”

1945年8月8日，苏联外长莫洛托夫约见日本驻苏联大使佐藤。

莫洛托夫代表苏联政府向佐藤宣布：“从明天，即8月9日起，苏联将认

为其本身与日本进入战争状态。”

苏联向日本宣战！

清晨，中国满洲里上空，强大的机群，像乌云一样压来，这是苏联空军。

自从昨日苏联外长莫洛托夫向日本公开宣战以后，苏联军队的准备工作已经一切就绪。

8月9日零时，远东苏军总部下达了向日本关东军发起进攻的作战命令。

这次出兵中国的苏联军队主要有贝尔加方面军、远东第一方面军、远东第二方面军、太平洋舰队和黑龙江舰队，共计80个陆军师，总兵力有150万人，大炮2.6万门，坦克5500多辆，飞机3800多架，海军舰艇500多艘。

攻击部队编组成诸多兵种合成的集团军，有1个坦克集团军、1个骑兵机械化集群、3个空军集团军。

苏军在华西列夫斯基元帅的统一指挥下，在飞机和大炮的配合下，从东、西、北三个方向多路进入中国东北及热、察地区。

四

在苏联军队出兵东北的同一天，毛泽东发表了《对日寇的最后一战》：“对日战争已处在最后阶段，最后战胜日本帝国主义和一切走狗的时间已经到来了，在这种情况下，中国人民的一切力量，应举行全国规模的反攻，密切有效地配合苏联及其其他同盟国作战，八路军、新四军及其他人民军队，应在一切可能的条件下，对一切不愿投降的侵略者及其走狗进攻，歼灭这些敌人力量。”

广阔的大草原上，烈日炎炎，120 师、129 师骑兵部队向中苏边境进发。毛泽东指示说：“命令东北的一切抗日力量，积极主动配合苏军作战。”

中苏边境夏季的密林，树叶茂密，乱草丛生，正好有利于部队隐蔽。

密林中，一名着苏军服装中国军官在布置任务：“我们旅已经编入了苏联远东第二军。反攻开始，我们的目标是东北全境的 55 个县市。先遣队伞降小分队先期行动，第一批已经进入的城市有佳木斯、富锦、满州里、四平、长春、哈尔滨……”

此外，根据当时形势，中共东北党委会派遣在苏联整训的原东北抗日联军 600 多人，返回祖国，配合苏军对日作战。

苏联出兵东北和中国共产党领导的抗日武装的反攻，迅速改变了战局，让日本丧失了最精锐的一部分军队和主要的军事供应基地，使日本妄图依赖中国东北和朝鲜的土地进行负隅顽抗的计划彻底破产。

五

在重庆的石剑峰家，一辆汽车停在不远处，一双眼睛在黑暗中盯着石剑峰家。

就在这时，一个黑影向石剑峰家摸去，借助微弱的亮光，可以看出他是大岛一郎。

日本侵略者已经是穷途末路，但这位受日本军国主义思想影响至深的特高课特务，还没有忘记冈村宁次交给他的任务。

本来他打算让妹妹代为下手，除掉中方情报专家石剑峰，但上次的失败让他明白，爱情的力量已经超越了亲情，更超过了对大日本帝国天皇的忠诚。

于是，他决定亲自动手。

大岛一郎正一步步向石剑峰家靠近。即便不是在睡梦中，石剑峰这个情报专家也不是特高课全能特务大岛一郎的对手，更何况现在石剑峰睡得正香。

危险正一步步靠近！

就在这时，从走廊里蹿出一个黑影，这个黑影当然就是刚才在车里的那个人。

很快，两个人缠斗在了一起。搏斗声起，但声音却都不大，孤身一人的大岛一郎自然不希望发出声音，以免引来更多的中国人，那么他就别想全身而退了；那个黑影似乎也有什么顾虑，不愿声张。

搏斗，在一片低沉的声音中进行……

最后，又安静了下来。

清晨。

石剑峰和江户英子出门，他们惊讶地发现，过道里有两个人抱在了一起，男的是大岛一郎，女的是黄怡青，他们各自胸前插有一把刀。两个人都已死了多时，尸体已经变硬了。

两个人很快明白，这到底是怎么回事。

江户英子抱起哥哥，泪流满面。

石剑峰抱起黄怡青，心中痛苦，惆怅，感动。

六

1945 年 8 月 9 日凌晨 3 时 39 分，太平洋西部的提尼安道机场，斯威尼驾驶着装有第二颗原子弹“胖子”的“博克之车”B-29 飞机，从机场起飞，向日本上空飞去。

上次向广岛投掷原子弹时，他也曾经驾驶飞机观测过，那恐怖的一幕令他非常震惊。上次负责投弹的飞行员保罗·蒂贝茨幸运地飞了回去，斯威尼在飞机上默默祈祷自己也能像保罗·蒂贝茨那样幸运。

然而，刚一出发就遇到了麻烦，飞机的一只油箱出了故障，这就意味着 600 加仑燃料可能无法使用。斯威尼大致计算了一下，认为燃料够用，于是决定继续飞行。

这次投弹的目的地是小仓，是一座位于九州的、当时有 40 万人口的工业化港口城市。

上午 9 时许，飞机飞临小仓上空，那一天小仓上空的天气很差，空中布满了厚厚的云层，地面上浓烟滚滚，能见度极低。飞机在小仓的上空盘旋了三周，仍然没有发现瞄准点——5 号仓库。

隆隆的飞机声引起了日本地面防空部队的注意，他们向天空发射了密集的高射炮，斯威尼只好提高了飞行高度。

就在斯威尼打算第四次搜索目标时，飞机上的无线电报员报告刚刚截获的信息，日军可能起飞战斗机拦截自己。

一旦“博克之车”遭遇拦截，原子弹在天空发生爆炸，飞机上将无一人可以幸免。顿时飞机上一阵慌乱，斯威尼来不及向基地联系，就调头向西南飞去，他决定把轰炸目标改为另一个备选地——长崎。

就这样，小仓躲过一劫，而长崎则不幸地迎来了死神。事后多年，小仓人只要一想到这件事就感到后怕。时至今日，在小仓县的历史博物馆里仍然有一个模拟核爆炸的展览，名字就叫“那天，如果天气晴朗……”

10 时 28 分，装载有死神的“博克之车”飞临长崎上空。这一天长崎的天气也不太好，第一次搜索没有能够发现目标。燃料表的指针急剧下降，斯威尼非常着急，他决定第二次无论如何要投下原子弹，否则后果不堪设想。

第二次搜索时，透过两块云团之间的空隙，投弹手发现了目标，于是，“胖子”脱离飞机，飞向了长崎。

11 时 02 分，“胖子”落在了长崎市中心。尽管“胖子”威力比“小男孩”大，但由于长崎地形三面环山，所以损失要小于广岛。尽管如此，这次轰炸带来的后果也是巨大的，当时长崎 23 万中有 10 多万人死亡或失踪，60%的建筑物被摧毁。

8 月 9 日清晨，外相东乡面见裕仁天皇，将苏联出兵中国东北的情况告诉了裕仁天皇，并请求裕仁天皇答应接受《波茨坦公告》。

此时的天皇已经没有了开战之初的豪气，尤其是三天前的广岛的那次原子弹爆炸，更令他感到恐惧。

他让外相东乡转告铃木首相：“鉴于敌方使用了新型炸弹，日本已经没有力量再打下去了，应尽早努力结束这场战争。”

得到了天皇的这个表态，外相东乡心中顿时感到轻松了很多。

七

面对注定的失败，日本政府仍不死心。日本首相铃木再次召开最高战争指导会议，参加会议的是内阁“六巨头”：首相铃木、陆相阿南、海相米内、参谋总长梅津、军令部长丰田、外相东乡。

会场内弥漫着火药味，主战一方和主和一方互不相让，但很显然，代表军方的主战一方更强势一些。

会议进行了一半，突然得到消息：“美国飞机在长崎投下了一颗原子弹。”

尽管长崎的具体伤亡情况还没有报上来，但三天前广岛原子弹爆炸的灾难性结果已经让与会的日本高层明白，长崎这一次也遭到了毁灭性打击。

主和派固然已经是惊弓之鸟，主战派也是大惊失色。

外相东乡突然意识到，这也许是一个改变会议风向的机会，于是，他不失时机地说：“宝贵时机不能再错过，日本危如累卵，若再拖延，更加不可收拾。”

东乡的话是符合实际的，因为不仅美国原子弹是可怕的，苏联出兵东北、中国军民实施全面反攻也是声势浩大的。

令东乡没有想到的是，被日本军国主义和武士道精神严重“洗脑”的阿南等人，宁愿选择死亡，也不愿意接受投降，他狠狠地说：“日本还没有被打败。如果敌人敢进犯本土，必让他们付出惨痛的代价！”

阿南气势汹汹，梅津等人也异口同声地附和。看着他们的眼神，仿佛打败日本不是中、美、苏，而是主和的铃木、东乡。日本陆军一贯强势，主战派那凶狠的目光，让主和派有些心虚。

会议争论到下午1时，仍然是势均力敌。首相铃木、海相米内、外相东乡主张接受《波茨坦公告》；而陆相阿南、参谋总长梅津、军令部长丰田则坚决反对。

无奈之下，铃木首相宣布休会，并决定把问题交内阁会议讨论。

内阁会议在一片沉闷的氛围中开始，但很快争论声响起。

已经近乎疯狂的陆相阿南、参谋总长梅津、军令部长丰田等人，不惜用要挟恐吓等手段，要求主和派放弃投降观点。

自“二战”以来，陆军是战时日本的支柱，军方的强势已经成为常态，凡是重大决策往往都是以陆军意见为主导，陆军也因此目中无人，独断专行，如果不能满足其愿望，他们不惜采用暗杀手段，甚至发动兵变。

所以，看到阿南等人气势汹汹，部分内阁有的收回了接受《波茨坦公告》的观点，有的干脆沉默不语。

会议进行到了晚上10时，依然是毫无结果，最后终于不了了之。

会议结束之后，年迈的铃木首相忧心忡忡，他深知日本陆军的劣迹，如果这个问题一直拖延下去，他们很可能会对自己和外相东乡下手。

于是，与天皇私交甚好的铃木和东乡商议，奏请天皇召开御前会议裁决。

裕仁天皇脸上毫无表情。

会议厅里，铃木、东乡、阿南、梅津、丰田、米内等六巨头都肃然而立。

裕仁天皇坐下。

外相东乡首先发言：“日本本土两次被原子弹袭击，苏联又对我宣战，战争已无取胜之希望，所以，我们应该接受《波茨坦公告》，在保持国体不变的情况下，宣布投降。”

海相米内的话更为简洁，他说：“我认为只要国体保持，可以接受《波茨坦公告》。”

代表军方的陆军大臣阿南则板着面孔，用沉闷的声音倔强地回答：“日本必须打下去，胜负要到在本土决战之后。”

各方各执一词、互不相让，老态龙钟的铃木首相突然宣布：“看来意见不一致，双方各执一词，我们请陛下裁决。”

因为事前没有形成决议，而直接交给天皇裁决，在日本近代史上是没有先例的，所以铃木此话一出口，大厅里的气氛，一下子紧张起来。

人们目视前方，不敢看裕仁天皇。

裕仁天皇沉吟好久，终于悲怆地说：“国力疲惫，难能再有力量保卫本土，再打下去，只能使日本生灵涂炭，朕同意外相提出的条件，接受盟国的公告。”

根据日本宪法，只有内阁才有权利批准投降。铃木唯恐夜长梦多，他连夜向内阁宣布了天皇的“圣裁”，全体阁员表示服从天皇“圣裁”。

8 月 14 日，日本政府照会美、英、苏、中四国政府，宣布接受《波茨坦公告》。

八

在日本东京的广播协会第八播音室，工作人员在等待着天皇投降诏书的录音，因为之前发生过主战派发动叛乱事件，现在虽然叛乱已经平定，几个带头的主战派已经自杀，但死硬的主战分子依然还有很多，录音能否安全送达，能够安全播出，工作人员一直很担心。

11时刚过，天皇侍从冈马挎着装有饭盒的背包走了进来，原来录音就藏在背包里的饭盒内。

录音终于送来了，工作人员松了口气。为了保证播音质量，临时决定先试播。

就在试播时，突然出现了意外，原来在外面负责守卫的宪兵中尉也是一名反对投降的主战分子，他听到录音之后，突然抽出佩刀，大叫："不许广播，这不是天皇讲的，我要把他们杀了。"说完就要向广播室里冲。

一旁的一位参谋眼疾手快，把这名宪兵中尉拖了出去，关押了起来。

临近中午时分，整个日本，国民和军队都已停止了一切活动，守候在收音机或扩音器下。

正午时分，广播里开始播放天皇的《终战诏书》：

朕深鉴于世界大势及帝国之现状，欲采取非常之措施，收拾时局，兹告尔等臣民，朕已饬令帝国政府通告美、英、中、苏四国，愿接受其联合公告。

盖谋求帝国臣民之康宁，同享万邦共荣之乐，斯乃皇祖皇宗之遗范，亦为朕所眷眷不忘者；前者，帝国之所以向美、英两国宣战，实亦为希求帝国之自存于东亚之安定而出此，至如排斥他国之主权，侵犯他国之领土，固非朕之本志；然交战已阅四载，虽陆海将兵勇敢善战，百官有司励精图治，一亿众庶克己奉公，各尽所能，而战局并未好转，世界大势亦不利于我。加之，敌方最近使用残酷之炸弹，频杀无辜，惨害所及，实难逆料；如仍继续作战，则不仅导致我民族之灭亡；并将破坏人类之文明。如此，则朕将何以保全亿兆赤子，陈谢于皇祖皇宗之神灵乎！此朕所以饬帝国政府接受联合公告者也。

朕对于始终与帝国同为东亚解放而努力之诸盟邦，不得不深表遗憾；念及帝国臣民之死于战阵，殉于职守，毙于非命者及其遗属，则五脏为之俱裂；至于负战伤，蒙战祸，失家业者之生计，亦朕所深为轸念者也；今后帝国所受之苦固非寻常，朕亦深知尔等臣民之衷情，然时运之所趋，朕欲忍所难忍，耐所难耐，以为万世之太平……

九

中国，重庆，中央广播电台国际台。

江户英子正在用中文播音，她心情复杂，百感交集，但是她读得很认真："朕于兹得以护持国体，信倚尔等忠良臣民之赤诚，常与尔等臣民共在。若夫为感情所激，妄滋事端，或同胞互相排挤，扰乱时局，因而迷误大道，失信于世界，朕最戒之。宜念举国一家，子孙相传，确信神州之不灭，任重而道远，倾全力于将来之建设，笃守道义，坚定志操，誓期发扬国体之精华，勿后于世界之潮流。望尔等臣民善体朕意。"

读完了，江户英子泪流满面……

在另一间播音室里，山下美子在用日文播音："……宜念举国一家，子孙相传，确信神州之不灭，任重而道远，倾全力于将来之建设，笃守道义，坚定志操，誓期发扬国体之精华，勿后于世界之潮流。望尔等臣民善体朕意。"

十

1945年8月15日，日军投降的消息，已经通过各种渠道被证实，一部分重庆市民已经开始通过各种方式，来庆祝这一伟大胜利。但庆祝的市民还在等待着来自官方的消息。

上午10时，在日本天皇宣布投降前一小时，国民党总裁、国民政府主席兼军事委员会委员长蒋介石，亲自到重庆中央广播电台，发表《抗战胜利对全国军民及全世界人士广播演说》。

蒋介石在广播中说：

全国军民同胞们、全世界爱好和平的人士们：我们的抗战，今天是胜利了，"正义必然胜过强权"的真理，终于得到了他最后的证明，这亦就是表示了我们国民革命历史使命的成功。我们中国在黑暗和绝望的时期中，八年奋斗的信念，今天纔得到了实现。我们对于显现在我们面前的世界和平，要感谢我们全国抗战以来忠勇牺牲的军民先烈，要感谢我们为正义和平而共同作战的盟友，尤须感谢我们国父辛苦艰难领导我们革命正确的途径，使我们得有今日胜利的一天，而全世界的基督徒更要一致感谢公正而仁慈的上帝。

我全国同胞们自抗战以来，八年间所受的痛苦与牺牲虽是一年一年地增加，可是抗战必胜的信念，亦是一天一天地增强；尤其是我们沦陷区的同胞们，受尽了无穷摧残与奴辱的黑暗，今天是得到了完全解放，而重见青天白日了。这几天以来，各地军民的欢呼与快慰的情绪，其主要意义亦就是为了被占领区同胞获得了解放。

现在我们抗战是胜利了，但是还不能算是最后的胜利。须知我们战胜的含义决不止是在世界公理力量又打了一次胜仗的一点上，我相信全世界人类与我全国同胞们都一定在希望？这一次战争是世界文明国家所参加的最末一次的战争。

如果这一次战争是人类历史上最后一次的战争，那么我们同胞们虽然曾经受了忍痛到无可形容的残酷与凌辱，然而我们相信我们大家决不会计较这个代价的大小和收获的迟早的。我们中国人民在黑暗和绝望的时代，都秉持我们民族一贯的忠勇仁爱，伟大坚忍的传统精神，深知一切为正义和人道而奋斗的牺牲，必能得到应得的报偿。全世界因战争而联合起来的民族，相互之间所发生的尊重与信念，这就是此次战争给我们的最大报偿。我们联合国以青年血肉所建筑的这道反侵略的长堤，凡是每一个参加的人，他们不仅是临时结合的盟友，简直是为人类尊严的共同信仰而永久的团结了起来。这是我们联合国共同胜利最重要的基础，绝对不是敌人任何挑拨离间的阴谋所能破坏。我相信今后地无分东西，人无论肤色，凡是人类都会一天一天地加速密切联合，不啻成为家人手足。此次战争发扬了我们人类互谅互敬的精神，建立了我们互相信任的关系，而且证明了世界战争与世界和平皆是不可分的，这更足以使今后战争的发生势不可能。我说到这里，又想到基督宝训上所说的“待人如己”与“要爱敌人”两句话，实在令我发生无限的感想。

我中国同胞们必知“不念旧恶”及“与人为善”为我民族传统至高至贵的德性。我们一贯声言，只认日本黩武的军阀为敌，不以日本的人民为敌；今天敌军已被我们盟邦共同打倒了，我们当然要严密责成他忠实执行所有的投降条款，但是我们并不要报复，更不可对敌国无辜人民加以污辱，我们只有对他们为他的纳粹军阀所愚弄所驱迫而表示怜悯，使他们能自拔于错误与罪恶。要知道如果以暴行答复敌人从前的暴行，以奴辱来答复他们从前错误的优越感，则冤冤相报，永无终止，决不是我们仁义之师的目的。这是我们每一个军民同胞今天所应该特别注意的。

同胞们：敌人侵略中国的帝国主义，现在是被我们打败了，但是我们还没有达到真正胜利的目的，我们必须彻底消灭他侵略的野心与侵略武力，我们更要知道胜利的报偿决不是骄矜与懈怠。战争确实停止以后的和平，必将昭示我们，正有艰巨的工作，要我们以战时同样的痛苦，和比战时更巨大的力量，去改造，去建设。或许在某一个时期，遇到某一种问题，会使我们觉得比战时，更加艰苦，更加困难，随时随地可以临到我们的头上。我说这句话，首先想到了一件最难的工作，就是那些法西斯纳粹军阀国家受过错误领导的人们，我们怎样能使他们不只是承认他自己的错误和失败，并且也能心悦诚服地接受我们的“三民主义”，承认公平正义的竞争，较之他们武力掠夺与强权恐怖的竞争，更合乎真理和人道要求的一点，这就是我们中国与联盟国今后一件最艰巨的工作。我确实相信全世界永久和平是建筑在人类平等自由的民主精神和博爱互助的合作基础之上，我们要向民主与合作的大道上迈进，来共同拥护全世界永久的和平。

我请全世界盟邦的人士，以及我全国的同胞们，相信我们武装之下所获得的和平，并不一定是永久和平的完全实现，一直要做到我们的敌人在理性的战场上为我们所征服，使他们能彻底忏悔，都成为世界上爱好和平的分子，像我们一样之后，才算达到了我们全体人类企求和平及此次世界大战最后的目的。

这一天的重庆，难得的晴天，“日本无条件投降”的欢呼声响彻大街小巷。

当夜的延安，火炬通明，一个卖果子的小贩，把筐子里的桃梨一个一个地向空中抛掷，高呼："不要钱的胜利果，请大家自由吃呀！"

十一

女儿石忆樱和那只鸽子都围在石剑峰身边。

江户英子一个人坐在院子里，她看着北方，脸上没有表情。

不知什么时候，石剑峰走了过来，悄悄地坐在妻子身边，他不知道用什么话来安慰自己的妻子，看着面无表情的妻子，他百感交集。

他发自内心地认为，妻子江户英子应当算一个了不起的女性，中日开战，她带着东方女性从一而终的执著，冒着与家人决裂的境地，历经艰难困苦，来到中国，和丈夫一起同法西斯作战，这需要多大的勇气啊！

而今，中国胜利了，她的祖国战败了，他的前景在哪里，她日夜想念的故乡还能回吗？

更令她揪心的应该是，她那个有几十个成员的被誉为望族的家，是否也因战败而家毁人亡？即使还有人活在世上，他们还能收留这个当年叛逆的女儿吗？

最让她担心的是，她曾经的付出和牺牲，这个胜利的国家——中国是否还会记得？

过了很长时间，江户英子看了丈夫一眼，脸上挂着淡淡的笑："为你的祖国庆祝。"

石剑峰抓住江户英子的手，真诚地说："也为你的人民庆祝。"

江户英子不解地说："我的祖国战败了。"

石剑峰解释道："战败的是日本帝国主义，日本还在，日本人民还在。"

是啊，石剑峰说的话并没有错，由日本发动的这场旷日持久的战争，固然让包括中国在内的许多国家的人民饱受战争的蹂躏，其实日本国民、日本军人又何尝不是受害者呢？

本来他们只是普通军人、普通工人、普通农民、普通学生……但他们受军国主义煽动之后，却摇身一变成了日本侵略者，成了杀人机器，他们的双手沾满了亚洲人民的鲜血，他们的人生背负起了沉沉的罪恶。

这是一场两败俱伤的战争，他们让亚洲成了地狱，让无数的亚洲国家生灵涂炭，他们杀死了无数的亚洲人，他们自己也被大量地杀死，他们让无数的日本老人失去了儿子，无数的日本妇女失去了丈夫，无数的日本孩子失去了父亲。

谁该为这一切灾难负责呢？当然是日本高层那些鼓吹战争、煽动战争、发动战争的军国主义分子。现在日本战败了，实际上也让那些军国主义分子下台了，这对于日本人民来说，难道不是一件好事吗？

霎时间，江户英子明白了丈夫的话，她轻声说："你……"

十二

1945 年 9 月 2 日 8 时 10 分，美国太平洋战区盟军总司令尼米兹上将和随行人员，从南达科他号乘坐专用小艇来到密苏里号。密苏里号战列舰的舰长是哈尔西，亲自出来迎接。

这时，扩音器里响起《海军上将进行曲》，全舰哨声大作，尼米兹将军的五星上将旗在桅杆上冉冉升起。

8 时 30 分，乐声再次响起，同盟国代表团乘"尼古拉斯"号驱逐舰，抵达"密苏里"号。从这艘军舰上下来的是多国代表：有纯白短袖、短裤、长袜的是英国代表；有深棕绿、深蓝色镶红条的是苏联代表；有淡黄色军服的是法国代表。

在这群代表中间，我们还能够看到深灰黄色军服的是中国代表，他们是军令部长徐永昌、军委会高等顾问杨宣诚、国府参军朱世明等人。

8 时 50 分，乐声又一次奏响，麦克阿瑟将军乘坐"布坎南"号驱逐舰抵达"密苏里"号。

不久之后，日本代表团乘坐“兰斯多恩”号驱逐舰，也抵达“密苏里”号。日本代表团一行十一人。外相重光葵黑色礼服礼帽；作为日本政府代表，陆军参谋总长梅津美治郎大将一身戎装；作为日军大本营代表，其他九人是由三名外务省代表、三名陆军代表和三名海军代表组成。

受降仪式开始后，麦克阿瑟指着桌子前的椅子，严肃地宣布：“现在我命令，日本帝国政府和日本皇军总司令代表，在投降书指定的地方签字！”

长条桌上，早就放好了两份投降书文本：一份是同盟国保留的文本，墨绿色真皮封面，雍容华贵；另一份交给日本的文本封面则是廉价的黑色帆布。

接着，日本外相重光葵、陆军参谋总长梅津美治郎纷纷走上前来签字。

日本签字之后，麦克阿瑟宣布：“同盟国最高统帅现在代表各交战国签字！”

于是，同盟国派出的代表开始签字。轮到中国代表签字时，代表国民政府的军令部部长、二级陆军上将徐永昌，在商震将军的陪同下，完成了这次签字。

签字结束之后，1900 架战机编队从东京湾上空呼啸而过，飞过了“密苏里”号战舰的上空，庆祝这个具有伟大历史意义的时刻！

十三

9 月 2 日，在重庆街头，一个戴着眼镜的年轻人，拿着一份刚刚刊印出来的《新华日报》。报纸第三版上刊登一则预告消息，题目是《庆祝胜利日》，肩题为“明天起开始”。

年轻人兴奋地大叫起来……

9月3日清晨，重庆晴朗无云，微风和煦，吹拂着国民政府花园里的榕树和雪松。

第一天，全市一律悬旗，上午9点播放“和平之声”，由警报台、工厂、轮船、教堂、寺庙放汽笛或鸣钟。

9时整，“陪都庆祝胜利大会”在校场口会场隆重举行，10万民众到会。

会场上悬挂着罗斯福、丘吉尔、斯大林、蒋介石的巨幅画像，他们是中、英、美、苏四强国的象征。

会场还设置了一座大型地球仪，松柏树枝点缀的巨大牌坊一座又一座。

大会进行中，远处炮台突鸣礼炮101响，取意为“和平之声”。某些市民听惯空袭警报，一听炮声犹悚然惊恐，后来意识到此乃庆祝和平之声时，不禁哑然失笑。

大会结束后，又举行了声势浩大、规模空前的庆祝胜利大游行，参加人数达五六万人。

庞大的游行队伍浩浩荡荡地从校场口出发，经下半城，沿民族路、民权路、民生路、中山路、国府路，至下午3时半，才在川东师范广场渐渐散去。

围观的市民则是夹道欢迎，观者如堵，盛况空前。

到了晚上，重庆街头更是彩灯高挂，万头攒动，每个人的脸上都写着欣喜和快乐。

如此大规模的庆祝胜利活动，重庆连续进行了三天。

除此之外，重庆人民还举行了慰劳荣军抗属、劳军募捐、发行抗战胜利纪念章等庆祝活动。

9月3这天的《新华日报》共出了四个版面，第二版集中报道了抗战胜利的相关消息和社论。

在第二版版面中部的位置,《新华日报》刊登了毛泽东亲笔写的题词:“庆祝抗日胜利中华民族解放万岁”,非常醒目。

9月9日,在南京黄埔路上,通往中央军校大礼堂的路上彩旗飘飘,人民团体、学生、职员组成的人群心花怒放,喜极而泣。

每隔十步便是同盟国的旗帜,旗帜中间有新6军的警戒哨兵,他们装备精良,威严而立。

礼堂大门前四个大字十分醒目:“和平永奠”。

礼堂门前树立一个胜利的屏障,上面形成了一个巨大的“V”字,

礼堂中央悬挂着中、苏、英、美四面国旗。

8时许,各界人士近千人陆续入场。

8时51分,刚刚转任中国战区中国陆军总司令的何应钦,率顾祝同、陈绍宽等中国军人入场。

全场静了下来。

何应钦居中,顾祝同在右,陈绍宽为左,坐定。分别坐下的还有汤恩伯、李明扬、郑洞国,美军准将柏德勒,英军中将海斯。

引导官入场,后边跟着冈村宁次,他脸色惨白,双肩高耸,默默地走向自己的席位,深深的向何应钦鞠躬,在他身后的是日军陆军参谋长小林茂三中将,副总长今井武夫中将。

钟声响起,敲了9响。

何应钦对冈村宁次:“请呈上你的身份证明。”

冈村宁次鞠着躬把身份证明递了过来。

何应钦接过,说:“读一遍投降书,并请在投降书上签字。”

冈村宁次接过投降书,他的手颤抖着:“日本帝国政府及日本帝国大本营已向联合国最高统帅无条件投降。联合国最高统帅第一号令规定,在中华民

国（东四省除外）台湾与越南北纬十六度以北地区内之日本全部陆海空军与辅助部队，应向蒋委员长投降……吾等在上述区域内之全部日本陆海空军及辅助部队之将领，愿率领所属部队向蒋委员长无条件投降……本官当立即命令所有上第二款所述区域内之全部日本海陆空军各级指挥官及其所属部队与所控制之部队，向蒋委员长特派受降代表中国战区中国陆军总司令何应钦上将及何应钦上将指定之各地区受降主官投降。奉日本帝国政府及日本帝国大本营命，签字人帝国派遣军总司令官陆军大将冈村宁次。昭和二十年（公历一九四五年）九月九日午前九时分签字于中华民国南京。”

9时8分，冈村宁次思忖，欲提笔，笔落在地上，他在地上摸笔……签字。

签字完成之后，何应钦宣布：“受降签字全部完成，请日方代表退场！”

冈村宁次等人站起，离席，走出，他们的动作是那么迟钝，好像极其不情愿。

当日方代表消失后，何应钦大声说：“同胞们，这是中国历史上最有意义的一天，这是中华民族艰苦奋斗的结果，东南亚及世界人民的和平与繁荣，亦从今天开始！”

是的，这是抗日民族统一战线旗帜下中华民族的胜利，这是近百年里中国在反对外来侵略的数次战争中的一次完全胜利，是世界反法西斯战线的伟大胜利……这意味深长的9月9日9时，这短短的20分，我们将永志不忘！

室内的窗帷同时打开，几道怒光照进大厅，微风吹动英、美、中、苏四国国旗，其他61个参战国国旗同时飘动，蔚为壮观，这是一种世界和平到来的气象……

也许是人们忘记了鼓掌，忘记了欢呼，此时安静极了……

突然，石忆樱意外地呼喊：“中国万岁！”

这个孩子的呼喊带动了全场，人们一起呼出一个声音：“中国万岁！”

呼喊从那千万张带着泪水的面孔上发出："中国万岁……"

欢呼，呐喊，痛哭的中国人。

走在广场上的江户英子对女儿说："把鸽子放了吧。"

石忆樱奇怪地问："为什么把鸽子放了？"

江户英子动容地："让鸽子飞到天上，去陪陪你的哥哥……"

鸽子从石忆樱的手中放飞，它在天空盘旋了一圈儿没有飞走，显然，它在眷恋着大地及大地上的人们。

江户英子的眼睛……

石忆樱的眼睛……

江户英子的眼神是复杂的。

石忆樱的眼睛显得那样清澈，很像如洗的天空。

鸽子飞过美国阿灵顿国家公墓。在这场反法西斯战争中，美国军民伤亡100多万人。

鸽子飞过英国阵亡将士墓。在这场反法西斯战争中，英国军民伤亡120多万人。

鸽子飞过苏联国家战争胜利纪念碑。在这场反法西斯战争中，苏联军民伤亡3000多万人。

鸽子飞过中国抗战胜利纪念馆。在这场反法西斯战争中，中国军民伤亡3500多万人……

中国人民的抗战跟世界反法西斯战争一样，是一首英雄的诗篇。中国人民用血肉写成了这首祈福和平的歌谣：

我的故事可以讲给后代，
我的苦难呀请不要再来。
我的天空鸽子自由飞翔，

我的大地鲜花四季盛开。
我只想站在这样天地里，
和平阳光照耀五洲四海。

十四

在陕北高原，晨晖里的莽原，沃野千里。

反法西斯战争的胜利的消息传到了延安，毛泽东站在高山之巅，他拿出纸烟，把火柴拿在手中，心声震荡乾坤：“谁划的火，就容易烧到谁的手，我们的胜利！是人民战争的胜利！而法西斯的失败，是他们发动战争那天起就注定了的！哪怕有下一次，也还是这样……”

此时，红日东升，江山如画，一个崭新的时代即将到来。